Kelly Carr (Hrsg.)

God is Dad

Über die Autorin

Kelly Carr ist Herausgeberin des amerikanischen Jugendmagazins „Encounter“. Gemeinsam mit ihrem Mann lebt sie in Cincinnati, Ohio, wo sie eine Gemeinde, die *Echo Church*, gegründet hat.

KELLY CARR (Hrsg.)

GOD IS D~~E~~AD

WAHRE GESCHICHTEN FÜR TEENS

Aus dem Englischen
von Maria Leicht

GerthMedien

INHALT

VORWORT

God is Dad. Gott ist dein Vater. Er kennt dich wie kein anderer. Und er hat einen genialen Plan für dein Leben.

In diesem Buch findest du lauter Geschichten von Leuten, die dabei sind, Gottes Berufung für ihr Leben zu entdecken. „Berufung" bedeutet so viel wie „Bestimmung" oder „besonderer Auftrag". Gott beruft nicht nur Leute, die besonders heilig sind. Er will auch mit dir etwas in dieser Welt bewegen! Deshalb hat er ganz bestimmte Fähigkeiten, Wünsche und Leidenschaften in dich hineingelegt, mit denen er dich gebrauchen möchte.

Die Leute, die die Geschichten für dieses Buch geschrieben haben, sind in ganz unterschiedlichen Situationen: Sie zweifeln, kämpfen mit Problemen, mit Krankheiten oder Sorgen; sie entdecken, dass Gott ihnen eine zweite Chance oder neue Perspektiven eröffnet. Und sie erkennen, dass er gemeinsam mit ihnen das Leben anderer verändern möchte. Dabei geht es nicht immer um die ganz großen Dinge. Oft ist es der ganz normale Alltag, der uns herausfordert, als Christ zu leben.

Für „God is Dad“ haben auch die Musiker Mark Hall von den Casting Crowns, Jeremy Camp, Nicole C. Mullen und die Mitglieder von ZOEgirl Beiträge geschrieben. Auf den letzten Seiten findest du noch mehr Infos über sie.

Ich hoffe, dass du dich beim Lesen der Geschichten irgendwo wiederfindest und dich der Mut packt, Gottes Berufung für dich auf die Spur zu kommen. Er begleitet dich auf deinem Weg!

Kelly Carr

GOTT, WOZU DAS ALLES?

Fürchte dich nicht, denn ich bin bei dir; hab keine Angst, denn ich bin dein Gott! Ich mache dich stark, ich helfe dir, mit meiner siegreichen Hand beschütze ich dich!
Jesaja 41,10; Hfa

GOTTES GROSSE TRÄUME

In meiner Grundschulzeit wurde bei mir eine Lese-Rechtschreibschwäche festgestellt. Zuerst fand ich es ziemlich cool, dass ich Sonderstunden besuchen durfte. Meine Mutter erklärte mir nicht so richtig, dass ich als „Legastheniker" abgestempelt worden war, deshalb verstand ich die ganzen Hintergründe nicht.

In der Mittelstufe wurde mir nach und nach klar, worum es in den Sonderstunden ging. Ich erkannte, dass ich zu dieser speziellen Gruppe gehörte, weil ich in der Schule nicht mitkam. Ich fing an, meine Lernschwierigkeiten vor meinen Freunden zu verbergen. Sie fragten mich nach meinem Stundenplan, um zu vergleichen, welche Stunden wir gemeinsam hatten. Dann schaffte ich es immer, das Thema zu wechseln; darin wurde ich Experte.

Dinge, die für andere Schüler Kleinigkeiten waren, hatten für mich große Bedeutung. Beispielsweise ein Probefeueralarm – eine Riesensache für mich, weil man klassenweise in Reih und Glied hinausgehen musste.

Ich tauchte immer in der Masse unter und versuchte, mich zu verstecken. Denn ich dachte, wenn jemand herausfindet, dass ich in der Klasse mit Lernschwierigkeiten bin, werden sie mich für dumm halten und nicht mehr meine Freunde sein wollen. Als junger Erwachsener hatte ich das Gefühl, dass auch Gott mich wahrscheinlich für dumm hielt. *Wahrscheinlich kann Gott andere Menschen gebrauchen, aber was soll er nur mit mir anfangen?* Jahrelang fühlte ich mich unbedeutend und klein.

Nach dem Abi ging ich an die Baptisten-Hochschule in Florida, wo ich im Hauptfach Musik studierte. Ich hätte mich auch für andere Dinge interessiert, fand es jedoch sicherer, bei der Musik zu bleiben, insbesondere wegen meiner Lernbehinderung.

Ich hatte nur wenig Hoffnung, dass Gott mich überhaupt gebrauchen würde. Vor ihm fühlte ich mich einfach nicht „gut genug".

Eines Tages kam ein Englischlehrer auf mich zu und fragte: „Du hast eine Lese-Rechtschreibschwäche, stimmt's?" Ich bestritt es sofort. Er sagte: „Hier malst du mit deinen Worten regelrecht Bilder. Du hast Talent; das solltest du öfter machen." So etwas hatte noch nie jemand zu mir gesagt. Vom geschriebenen Wort hielt ich mich immer so fern wie nur irgend möglich.

In der Hochschule kam einmal jemand zu mir und fragte mich: „Sag mal, willst du Jugendpastor werden?" Ich antwortete: „Niemals." Zu dem Zeitpunkt war ich etwa 21 Jahre alt und dachte: *Ich bin ein Hitzkopf, kann nicht gut reden, bin Legastheniker und habe ADS**. Nie hätte ich etwas machen wollen, wo ich vor Leuten stehen und ihnen etwas beibringen muss. Ich dachte einfach, ich hätte weder das Talent noch die Fähigkeiten, um so ein Ziel auch nur im Entferntesten zu erreichen. So kam es, dass meine Unsicherheiten und die mir aufgedrückten Stempel mich davon abhielten, die Möglichkeiten auszuprobieren, die Gott für mich bereithielt.

Ich blieb beim Hauptfach Musik, doch da ich an einer christlichen Hochschule war, hatte ich auch die Fächer Mission, Evangelisation, Altes Testament, Neues Testament und lauter solche Themen. Schließlich, nach einem langen, schweren inneren Kampf wurde mir klar, dass meine größte Leidenschaft in Wirklichkeit die Arbeit als Jugendpastor war. Und meine Ängste sollten mich nicht davon abhalten!

Ich bekam eine Anstellung in einer Gemeinde, wo ich mich in der Jugendarbeit engagierte, und wir gründeten dort eine Teenie-Lobpreisband mit dem Namen *Casting Crowns*. Wir produzierten eigene CDs für

* die Abkürzung steht für „Aufmerksamkeitsdefizitstörung".

unsere Jugendgruppe, um sie in der Schule zu verteilen. Wenn man die Hülle dieser CD öffnete, sprang einem folgender Text ins Auge: „Das ist ‚Refuge', eines unserer Angebote für Jugendliche. Wir treffen uns am Mittwochabend; am Sonntagmorgen lesen wir zusammen in der Bibel."

Ein Schüler namens Chase nahm die CD mit auf ein Basketballcamp. Mark Miller von der Countrymusik-Gruppe „Sawyer Brown" kannte zufällig einen der Trainer dort und war auf dem Camp zu Besuch. Chase lief Mark über den Weg und sie kamen ins Gespräch. Als Chase merkte, dass Mark Christ ist, sagte er einfach: „Hey, du musst dir mal die CD von meinem Jugendpastor anhören."

So fing alles an. Wir hatten keine Demos, die wir verschickten. „Casting Crowns" war einfach eine ganz normale Jugendgruppenband. Als Gott die Sache angestoßen hat, machte er jedoch nicht plötzlich unsere anderen Aufgaben zunichte. Wir trafen die Entscheidung: „Gott, wenn wir beides machen sollen, dann machen wir beides." Daraus entwickelte sich dann alles Weitere.

Ich glaubte nicht, dass Gott Menschen gebrauchen kann, die nicht so begabt sind wie die anderen.

Das Lied „Voice of Truth" auf unserer ersten Platte handelt stark von meinen Erlebnissen mit der

Legasthenie und davon, dass ich mich minderwertig fühlte. Ich bekomme massenhaft Briefe wegen meiner Geschichte. In Konzerten spreche ich oft über die Sache mit der Legasthenie und über meine ADS und darüber, wie die Angst mich stumm machte. Es ging alles so weit, dass ich mich schrecklich davor fürchtete, die Sachen auszuprobieren, die Gott von mir wollte. Ich dachte, Gott will nur die Besten der Besten. Ich glaubte nicht, dass er Menschen gebrauchen kann, die nicht so begabt sind wie die anderen.

Nach und nach fiel mir anhand des Textes im 2. Korintherbrief, Kapitel 12, auf, dass auch Paulus so seine Probleme hatte. Er hatte einen „Stachel im Fleisch", wie es dort heißt, und das deprimierte ihn heftig. Aber Gott sagte zu ihm: „Meine Gnade ist genug für dich, meine Kraft wird in deiner Schwäche vollkommen." Diese Botschaft hat sich bei sehr vielen Leuten bewahrheitet, die ich im Laufe der Zeit getroffen oder von denen ich E-Mails bekommen habe. Es ist der Hammer, echt beeindruckend!

Fast hätte ich mir die Jugendarbeit durch die Lappen gehen lassen, weil ich dachte, ich sei dafür nicht gut genug. Wenn ich jetzt in der Gemeinde mit meinen Jugendlichen rede, erzähle ich ihnen von meinen Erfahrungen. Ich sage: „Was ihr in der Zukunft machen wollt, entscheidet ihr meistens anhand der Dinge, in

denen ihr heute gut seid. Das ist aber gefährlich. Denn Gott hat einen Traum für euer Leben. Und der ist größer als euer eigener.“

Mark Hall, Casting Crowns

WAS IST NUR LOS MIT MIR?

Mit zitternden Fingern wählte ich die Nummer meiner Freundin Kathi. „Du glaubst nicht, was ich gerade gemacht habe", sagte ich, als sie rangegangen war. „Ich kann's selbst nicht glauben."

„Was hast du denn gemacht?", fragte sie beiläufig. Es war nicht außergewöhnlich, dass ich sie an einem Donnerstagabend um 23.30 Uhr anrief.

„Ich habe eine ganze Flasche Ibuprofen reingekippt." Ich starrte die leere Flasche in meiner Hand an.

„Komm doch noch mal rüber", sagte Kathi. Ihre Stimme klang noch immer ganz locker. Erst später sollte ich erfahren, wie viel Angst sie um mich gehabt hatte.

„Okay, ich komme." Ich war zwar schon im Schlafanzug, aber es war eine laue Nacht im Mai und ihre Wohnung war nur zwei Häuser entfernt. Ich ging los und merkte gar nicht, dass ich weder meine Brille auf- noch meine Schuhe anhatte.

„Wir fahren ins Krankenhaus", sagte Kathi zu mir, als ich eintraf. Ihre Mitbewohnerin Beth nickte heftig.

Ich sah sie erstaunt an. „Warum? Das brauche ich doch gar nicht."

Kathi schnappte sich ihren Autoschlüssel. „Komm mit, Charity."

Ich begann zu protestieren. „Das ist nur ein dummes Missverständnis! Ich hab schon oft Ibuprofen genommen …"

Kathi nahm einen Arm von mir, Beth den anderen. Im Nu waren wir in der Notaufnahme. Die nächsten Stunden nahm ich nur verschwommen wahr – eine Kanüle in meiner Hand, ein Schlauch durch meine Kehle, mein Magen wurde ausgepumpt, mein ganzer Schlafanzug voller Kohle, ein Blutbild, Röntgen-Aufnahmen …

Am Morgen wurde ich so gegen 8 Uhr in einen Transporter geschoben, der mich in ein psychologisches Gesundheitszentrum fuhr. Richtig – ich wurde in eine psychiatrische Klinik gebracht. Wie war das passiert? Warum hatte ich eine Überdosis von dem Medikament genommen? Was war nur los mit mir?

Ich befand mich in meinem letzten Jahr an der Uni und es war die letzte Unterrichtswoche. Ab Montag standen die Prüfungen an, dann hätte ich meinen Abschluss!

Ich war bereit – obwohl es ein schweres Jahr gewesen war. Ich hatte Probleme mit meiner Mitbewohnerin ausgestanden, mich durch ein furchtbares

Pflichtfach gekämpft und einen wahnsinnig schwierigen Philosophiekurs belegt, aus dem ich kürzlich ausgestiegen war. Das bedeutete allerdings, dass mir zum Abschluss noch einige Voraussetzungen fehlten. Dennoch hatte die Uni mir erlaubt, an den Abschlussfeierlichkeiten teilzunehmen. Ich war bereits an einer Uni in der Nähe des Wohnorts meiner Eltern angemeldet, wo ich ab Juni den Philosophiekurs nachholen konnte.

All das und obendrauf die Jobsuche machten mir zu schaffen. Ich hatte gebetet, eine Beraterin aufgesucht und Medikamente gegen Depression genommen. Nichts davon hatte so richtig geholfen. Immerhin hatte ich die meisten Hausarbeiten fertig und musste nur noch ein paar Prüfungen machen. Nach einigen Tagen Grippe fühlte ich mich körperlich schon wieder besser.

An jenem Abend hatte ich bei einer Freundin meine Lieblingsfernsehsendung angesehen. Doch nachdem ich nach Hause gekommen war, war das Kopfweh wieder da und ich fühlte mich fiebrig. Ich weiß noch, wie ich eine neue Flasche Schmerzmittel öffnete, aber mehr nicht. Die nächste Erinnerung ist, wie ich mit der leeren Flasche in der Hand Kathi anrief.

Als wir in der psychiatrischen Klinik ankamen, wollte ich nur schlafen. Ich war erschöpft von der durchwachten Nacht, meine Kehle war heiser von dem Schlauch, durch den mein Magen ausgepumpt wurde, meine Hand schmerzte noch von der schlecht eingestochenen Infusionsnadel. So taumelte ich in mein Zimmer.

Nach dem Mittagessen an diesem Tag hatte ich ein Gespräch mit der Psychiaterin. Sie hatte auch meine Unterlagen von der Schulberaterin bekommen.

„Charity, ich glaube, du hast eine manisch-depressive Erkrankung", sagte sie.

Ich hatte keine Ahnung, was das ist. Ohne mein Wissen hatte die Beraterin bereits gemutmaßt, dass dies mein Problem sein könnte.

Die Ärztin erklärte mir, dass man die Krankheit auch „manische Depression" oder „bipolare Störung" nennt. Viele Symptome, die sie beschrieb, kamen mir bekannt vor. Gedanken, die von einem Thema zum anderen jagen, sodass ich im Kopf nicht bei der einen Sache bleiben kann, über die ich nachdenken will. Tiefe Depression, gefolgt von einem Hoch, in dem ich unbedingt etwas tun muss, egal, was.

Ihrer Einschätzung nach hatte ich den weniger schweren Typ II. Leute mit dieser Krankheit sprechen in der Regel gut auf die Medikamente an, die sie mir nun verschrieb.

Wie um alles in der Welt war ich bloß manisch-depressiv geworden? Man vermutet eine genetische Veranlagung, doch in meiner Familie kenne ich niemanden mit dieser Erkrankung. Ungewöhnlich ist das jedoch nicht, denn psychische Krankheiten werden oftmals falsch diagnostiziert.

Die Worte der Psychiaterin beruhigten mich ein wenig. Gab es doch tatsächlich einen Grund für all die Schwierigkeiten, die ich im Studium und in Freundschaften gehabt hatte, außerdem konnte mir geholfen werden. Meine Überdosis? Wahrscheinlich eine späte Reaktion auf all den Stress, den ich gehabt hatte.

Das war mir nun alles ein bisschen zu viel. Doch als Freunde mir am nächsten Tag meine Bibel und meine Brille brachten, fühlte ich mich schon besser. Ich nahm an Gruppentherapie-Sitzungen teil, in denen ich mehr über die Krankheit erfuhr. Ich schaffte es sogar, ein bisschen für meine Prüfungen zu lernen.

Am Sonntag wurde ich aus der Klinik entlassen. Seit Beginn der Medikamenteneinnahme hatte ich schon gemerkt, dass sich die umherjagenden Gedanken, die mich so lange gequält hatten, etwas beruhigten.

Ich richte meinen Blick auf all die positiven Sachen, mit denen Gott mich beschenkt hat.

Nach dem Uniabschluss zog ich bei einer Freundin ein, die in einer Stadt in der Nähe meiner Eltern wohnte, und absolvierte den Kurs, der mir noch vom Studium her fehlte. Es war verblüffend, wie viel einfacher es mir nun fiel, mich auf das Studium zu konzentrieren. Ich bekam eine gute Note.

Im Juli erhielt ich ein Jobangebot in dem Dorf, wo meine Familie einst gelebt hatte. Ich zog bei meinem früheren Pastor ins Gästezimmer ein. Von seiner Frau bekam ich unglaublich viel Kraft und Ermutigung und ich spürte, wie mein Glaube wuchs, wenn ich mit ihr in der Bibel las.

Ich war mir sicher, dass Gott mich genau hier haben wollte. Und als meine Symptome wieder stärker wurden, bekam ich sie mit einem zweiten Medikament, das meine Ärztin mir verschrieb, in den Griff.

Jetzt lebe ich in einer großen Stadt in einer eigenen Wohnung und arbeite Vollzeit. Ich nehme konsequent meine Tabletten, gehe regelmäßig zum Therapeuten und zum Arzt. Durch meine manisch-depressive Erkrankung muss ich auch darauf achten, dass ich nicht zu viel Stress habe. Ich habe gelernt, meine Stimmungen genau wahrzunehmen, damit ich entsprechend darauf reagieren und mit ihnen umgehen kann. Insbesondere reduziere ich Koffein und vermeide schwierige, aufwühlende Situationen und Menschen, wenn ich in einem Tief stecke.

Doch am allermeisten richte ich meinen Blick auf all die positiven Sachen, mit denen Gott mich beschenkt hat. Zwar habe ich nun mal diese Krankheit, mit der ich langfristig leben muss. Aber Gott hat mich mit dem nötigen „Werkzeug“ ausgerüstet: mit einer liebevollen Familie und mit Freunden, einer Arbeit, die mir gefällt, einer guten Gemeinde, in der ich mich aktiv einbringe, und einem wunderbaren Leben, für das ich ihm jeden Tag bewusst „Danke“ sagen kann.

Charity Thomas

WENN GOTT EINEN ANDEREN PLAN HAT

Es war 11.58 Uhr. Noch zwei schreckliche Minuten, bis ich erfahren würde, ob ich es in den Schulkader der Cheerleader geschafft hatte. Ich saß im Gang, fingerte nervös und wartete ungeduldig auf den Aushang des Infozettels. Mein Magen schlug Purzelbäume. Obwohl ich in der Mittelstufe immer Cheerleader gewesen war, ging es hier um die aufregende Entscheidung, ob ich es in der Oberstufe auch schaffen würde.

„Da! Es ist ausgehängt!", rief jemand.

Wir rasten hin, um die Liste durchzusehen. Während meine Augen den Zettel überflogen, stand mein Herz beinahe still. Ich konnte meinen Namen nicht finden. Ich schluckte und schaute noch mal hin. Er war nicht dabei.

Tränen schossen mir in die Augen und ich entfernte mich langsam aus dem Gedränge. *Wie konnte das passieren?,* fragte ich mich ungläubig. Dann wurde die Sache noch schlimmer. Meine beste Freundin Nikki begann, auf- und abzuspringen und zu schreien: „Ich hab's geschafft!" Ihr Erfolg war für mich wie ein Schlag ins Gesicht, denn *ich* hatte *sie* überredet, es zu versuchen. Während ich Nikki mit den anderen Mädchen feiern sah, drehte ich mich um und ging schweigend nach draußen.

Als ich an jenem Nachmittag heimging, war mein Selbstwertgefühl völlig zerstört. Ich konnte nicht verstehen, warum Gott mir etwas wegnahm, was mir so viel bedeutete. Mehrere Tage lang blies ich Trübsal. Dann stellte meine Mutter mir eines Tages eine Frage, die mich richtig aus der Fassung brachte.

„Hast du schon mal daran gedacht, dass es auch zu Gottes Plan gehören könnte, dass du nicht dabei bist? Manchmal ist es schwer für uns, das Gesamtbild zu erkennen, aber Gott hat für alles einen Grund. Meinst du, dass er es gut findet, wenn du die ganze Zeit nur schmollst?"

Durch ihre Frage wurde mir klar, wie unfair ich gegenüber Gott gewesen war. Das Cheerleading hatte mich so vereinnahmt, dass ich mir keine Zeit mehr genommen hatte, meine Beziehung zu Jesus zu pflegen. Auf der Stelle entschied ich mich, meine Prioritäten wieder zurechtzurücken.

In den nächsten paar Wochen betete ich mehr und

las mehr in der Bibel. Ich nahm auch an mehr Angeboten der Jugendgruppe teil und ging in die Theatergruppe der Gemeinde. Durch diese engere Beziehung zu Gott veränderte sich auch mein Blick auf das Cheerleading. Obwohl ich noch die Energie und die Stimmung beim Anfeuern vermisste, war mir die Sache nicht mehr so superwichtig wie früher.

Doch dann war ich völlig überrascht, als sich eine einmalige Gelegenheit bot. Es gab nämlich ein Casting für ein All-Star-Cheerleading-Team, ein nicht schulgebundener Kader, in dem Mädchen ans wettkampfmäßige Cheerleading herangeführt wurden. Nikki spornte mich an, es zu versuchen, doch ich war hin- und hergerissen. Obwohl Cheerleading mir viel Spaß machte, war es mir zu riskant, mein wiedergewonnenes Vertrauen auf Gott gleich wieder auf die Probe zu stellen.

Als ich mit meiner Mutter über diese Sorgen redete, brachte sie mich auf einen neuen Gedanken. Sie sagte, wahrscheinlich seien viele der Mädchen in diesem Team keine Christen. Sie meinte, dies könne meine Chance sein, anderen von Gott zu erzählen, die noch nichts von seiner Liebe wissen.

Das könnte meine Chance sein, anderen von Gott zu erzählen.

Das klang wunderbar – in der Theorie. Jedoch war ich immer an christlichen Schulen gewesen und dachte nun, dass es mir bestimmt schwerfallen würde, mein gemütliches Nest zu verlassen und auf Nichtchristen zuzugehen. Nach mehreren Tagen Gebet, in denen ich Gott um Führung bat, traf ich die Entscheidung, dass Cheerleading eine fantastische Möglichkeit sein kann, um meinen Glauben mit anderen zu teilen.

Also versuchte ich es und hatte diesmal sogar Erfolg. Sofort musste ich an die Worte meiner Mutter über Gottes größeren Plan denken. Ich war mir sicher, dass ich es anstatt in den Schulkader nun in den All-Star-Kader geschafft hatte, weil Gott wollte, dass ich ihn vor meinen neuen Mannschaftskameradinnen bezeuge. Und genau das tat ich auch.

Ich wünschte mir, dass die Mädels Jesus sehen können, wenn sie sich mein Leben anschauten. Wenn ich mal früher als sonst von der Probe wegmusste, um pünktlich zu meiner Jugendgruppe zu kommen, erzählte ich absichtlich jedem, wohin ich ging und lud alle ein, auch mal mitzukommen, wenn sie wollten. Ich trug sehr viele T-Shirts mit christlichen Sprüchen drauf, worauf sich manche interessante Gespräche über Jesus ergaben. Und ich betete vor jedem Wettkampf. Am wichtigsten war, dass ich mir große Mühe gab, durch meine Taten Gottes Liebe zu zeigen.

Im Laufe der Zeit nahm ich bei meinen Mannschaftskameradinnen Veränderungen wahr. Beispielsweise merkte ich, dass sie aufhörten, Schimpfwörter zu gebrauchen. Außerdem kamen mehr und mehr Mädchen zu der Andacht hinzu, die ich jede Woche hielt. Diese Andachten schweißten uns nicht nur als Mannschaft zusammen, sondern sie ermöglichten es den anderen Cheerleadern auch, mehr über Gott zu erfahren.

Meine Mannschaftskameradinnen waren nicht die einzigen, die sich veränderten. Auch ich veränderte mich. Früher hatte ich geglaubt, das allerhöchste der Gefühle sei, wenn ich als Cheerleaderin vor einer vollen Tribüne anfeuere und dabei ganz aufgedreht und glücklich bin. Jetzt habe ich etwas gefunden, was sich noch besser anfühlt: anderen von Jesus zu erzählen.

Jasmine Camps

MITTEN IM SCHMERZ IST GOTT DA

Es ist drei Uhr nachts. Im Krankenhaus ist es still, doch ich kann nicht einschlafen.

Neben meinem Bett hält eine zwei Meter hohe Metallstange einen Plastikbeutel, der durch einen Schlauch mit meiner Vene verbunden ist. Zwar tut die in meinen Arm eingestochene Nadel nicht weh, doch das Medikament, das hindurchfließt, brennt. Ich betrachte die Tropfen des Antibiotikums, die wie widerspenstige Regentropfen in den Schlauch tröpfeln. Ihr langsames Tempo und meine Schmerzen zeigen an, dass ich am Morgen eine neue Nadel für den Tropf brauchen werde. Ich bekomme sieben Mal am Tag starke Medikamente per Infusion, deshalb halten meine Venen den Einstich nicht lange aus.

Vorsichtig, damit ich den Tropf nicht behindere, drehe ich mich um. Ich zwinge mich, nicht mehr die Stange anzuschauen. Der Gedanke daran, wie die

Krankenschwester mir wieder mit der brutalen 5-Zentimeter-Nadel in den Arm sticht, jagt mir einen Schauer über den Rücken.

Ach, Gott, wo bist du?, bete ich innerlich. *Warum muss mir das alles passieren?* Ich sehne mich danach, sicher und geborgen zu Hause bei meiner Familie zu sein, anstatt im Halbdunkel zu leiden. Durch die offene Tür dringt ein wenig Licht vom Krankenhausflur herein. Ich fürchte mich vor dem anbrechenden Tag.

Zum ersten Mal bedroht mich meine Krankheit wie ein Monster. Bisher hatte sie mein Leben lang einfach nur eine gewisse Einschränkung bedeutet, aber dies hier ist viel furchtbarer.

In der Einsamkeit des dunklen Krankenhauszimmers weine ich.

Die Diagnose

Mit fünf Jahren war bei mir Mukoviszidose festgestellt worden. Das ist eine Krankheit, die die Lunge und den Verdauungstrakt betrifft. Es ist eine Erbkrankheit. Meine Eltern trugen diese Krankheit beide unwissend in den Genen, ohne dass sie bei ihnen ausgebrochen ist.

Früher starben Mukoviszidose-Patienten sehr jung und die Ärzte konnten nicht viel tun. Doch heute können fortgeschrittene Techniken zur Reinigung der Atemwege mehrmals am Tag angewendet werden. Spraymasken zum Einatmen der Medizin, viele Tabletten und regelmäßige Untersuchungen beim Spezialisten sorgen dafür, dass diese Patienten viel länger leben können, manche bis ins mittlere Alter.

Auch Lungentransplantationen haben einigen Personen eine längere Lebensdauer beschert, die es sonst nicht geschafft hätten.

In meinem Fall war die Krankheit nur schwach ausgeprägt. In der Schulzeit führte ich trotz all der medizinischen Behandlungen, die ich über mich ergehen lassen musste, ein relativ normales Leben. Dennoch wusste ich, dass ich nie so ein Leben wie meine Freunde führen würde, und ich fragte mich, warum gerade ich eine tödliche Krankheit haben musste.

Auf einem Jugendwochenende redete ich darüber mit Linda, das war eine unserer Leiterinnen. Sie hatte mal einen schweren Autounfall gehabt, weshalb sie noch immer in medizinischer Behandlung war. Linda erzählte mir, dass auch sie gefragt hatte: „Warum gerade ich, Herr?“ Doch dann sei sie an einen Punkt gekommen, an dem sie gesagt habe: „Warum eigentlich nicht ich?“ Sie hatte gemerkt, dass sie als Christin mit diesem Problem besser umgehen konnte als es ein Nichtchrist gekonnt hätte. Gott hatte ihr geholfen, das

Leid in ihrem Leben anzunehmen, denn mit seiner Hilfe schaffte sie es, das Leid zu ertragen.

Einige Jahre vergingen, in denen die Mukoviszidose im Hintergrund blieb. Zwar hatte ich noch die Behandlungen, ging zu meinem Arzt und achtete besonders auf die nötige Ruhe, Ernährung und Bewegung. Doch andere Sorgen und Freuden bestimmten mein Denken, nicht die Krankheit.

Bis mein Gesundheitszustand sich allmählich veränderte.

Gott, warum?

Ich begann, mit chronischer Müdigkeit und einem Engegefühl in der Brust zu kämpfen. Der Arzt versuchte alles Mögliche, aber ohne Erfolg. Schließlich landete ich in einem Krankenhaus zwei Autostunden von meiner Familie entfernt. Das sollte eine der schrecklichsten Zeiten meines Lebens werden.

Zusätzlich zum körperlichen Schmerz war da der emotionale Druck, weil ich viel direkter als je zuvor sah, was die Krankheit anrichten konnte. Der Tod war nicht das Problem; darauf fühlte ich mich vorbereitet. Ich wusste, dass mein Glaube an Jesus für mich einen Platz im Himmel bedeutete.

Allerdings besaß ich nur wenig Wissen über den

Prozess, den ein Mukoviszidose-Patient durchläuft, bevor er diesen Punkt erreicht. Im Krankenhaus fand ich es heraus. Das war verheerend. Ein Mädchen hatte so viele Infusionen bekommen, dass in ihren Gliedmaßen keine Venen mehr übrig waren, durch die das Antibiotikum hätte laufen können. Ihr wurde in einer Operation eine permanente Infusion in die Brust eingesetzt. Viele andere Mukoviszidose-Patienten waren nicht in der Lage zu arbeiten und konnten nicht allein leben. Es war deutlich, dass sie Tag für Tag dem Tod näherkamen, doch der Weg war schmerzhaft und langsam, wie eine mittelalterliche Foltermethode.

Oh Herr, niemals kann ich das alles ertragen!, betete ich. Und ich war wütend, wütender als je zuvor.

Es war furchtbar ungerecht. Warum müssen Menschen sterben, die Mukoviszidose haben? Warum greift die Krankheit nur Kinder und junge Erwachsene an, die erst ein kurzes Leben gehabt haben? Warum unternimmt der Herr der ganzen Schöpfung nichts, wenn ein Mensch verzweifelt versucht zu atmen, während die Infektion in seiner Lunge wütet und die Ärzte nur noch hilflos zusehen können? Was ist mit all den anderen Menschen auf der Welt, deren Leben durch Krankheiten, Verbrechen oder Hungersnot unerträglich geworden ist?

Die Fragen brannten in mir so sehr wie die Antibiotika, die in meine Vene hineintröpfelten. Ach, wäre das alles doch nur ein Albtraum, aus dem ich wieder erwachen könnte …

Aus dem Leid lernen

Doch nachdem ich wieder aus dem Krankenhaus entlassen worden war, versickerte die Wut allmählich. Mein geschundener Körper und meine überstrapazierten Gefühle heilten. In derselben Zeit legte Gott mir behutsam, nach und nach eine tiefe Gewissheit ins Herz, dass er alle leidenden Menschen liebt und Mitgefühl für sie hat. Meine Fragen und meine Wut nahm er mir nicht übel. Er brachte mir sogar einiges über das Leiden bei.

Jeder muss auf gewisse Weise Leid durchmachen. Ja, es ist ungerecht, weil die Last des Leides oder der Trauer bei manchen viel schwerer ist als bei anderen. Im Vergleich zu Leuten wie der querschnittsgelähmten Joni Eareckson Tada ist mein Leid nur minimal. Doch wie Joni in einem ihrer Bücher schreibt, hat keiner das Recht zu sagen, dass das Problem eines anderen Menschen nicht schlimm genug sei, um wehzutun.

Ja, obwohl es schmerzhaft ist, kann Gott das Leid gebrauchen. Mein Leid zeigt mir, wie sehr ich *ihn* brauche. Es verlangt von mir, Gott noch mehr zu vertrauen, auch wenn ich nicht verstehe, warum ich leide. Außerdem macht es mich Jesus ähnlicher, da ich durch das Leid Geduld und Durchhaltevermögen lerne und auch die Fähigkeit, in allen Situationen zufrieden zu sein (siehe Philipper 4,11). In 1. Korinther 10,13 wird mir versprochen, dass ich nie mehr durchleiden muss, als ich ertragen kann.

Noch ein Vorteil? Ein sensibles Gespür für Schmerzen bei anderen. Da ich selbst so gelitten habe, fallen mir leidende Menschen in meiner Umgebung oft besonders auf. Keiner kann sich so in Schmerzen einfühlen wie jemand, der sie bereits durchgemacht hat. Das passt zu dem Text in 2. Korinther 1,3–5. Dort steht, dass Gläubige, die Leid erlebt haben, die Verantwortung tragen, anderen im Leid beizustehen.

Im Krankenhaus erkannte ich, dass es überhaupt keine Hilfe ist, wenn die Leute Bibelverse zitieren oder zu mir sagen, ich solle auf Gott vertrauen. Obwohl es gut gemeint ist, ist es nicht hilfreich. Nun weiß ich, dass eine Umarmung und ein zuhörendes Ohr das Beste sind, was man einem leidenden Freund schenken kann.

Leiden macht nie Spaß, aber es ist zeitlich begrenzt. Das steht jedenfalls in 1. Petrus 1,6. Und durch das Wissen, dass es auch in meinem Leben Gutes bewirken kann, weiß ich nun besser mit Leid umzugehen. Das heißt nicht, dass ich die Krankenhausaufenthalte oder die anderen schmerzvollen Erlebnisse genossen hätte. Aber ich weiß: Jedes Mal, wenn der Schmerz kommt, ist Jesus da und trägt mich hindurch.

Anne Williman

INS LICHT

Als mir das Leben ausging
und mein Becher austrocknete,
hörtest du mein leises Rufen;
du sahst mein bitterliches Weinen …

Du hieltest mich in deinen Armen,
beruhigtest mich voller Geduld,
beschwichtigtest all meine Unruhe,
sanft hilfst du mir zu sehen …

dass ich ohne dich nichts bin
und keinen Sinn im Leben habe.
Doch du bist hier bei mir,
und du hast mich ins Licht gebracht.

Lynndie Wilhelm
(verfasst mit 16 Jahren)

WENN GEBETE SCHEINBAR NICHT ERHÖRT WERDEN …

Ein paar Freunde und Verwandte von mir machen gerade total schwere Zeiten durch. Eine Cousine, die ich sehr lieb habe, hat eine psychische Krankheit. Eine gute Freundin wird von ihrem Chef schikaniert. Eine andere Freundin, die schon etwas älter ist, hat eine schlimme Verletzung am Nacken. Falls sie sich verschlechtert, kann diese Verletzung sie gelähmt machen.

Ich habe gebetet, ist ja klar. Verzweifelt gebetet. Kniend auf dem Boden, in meinem Zimmer.

Doch nichts geschah, jedenfalls nichts Positives. Meine Cousine kam in die Anstalt. Die Arbeitssituation bei meiner Freundin ist so schlimm geworden, dass sie wahrscheinlich bald gefeuert wird. Meine andere Freundin zog sich noch eine neue Verletzung zu, als sie auf dem Parkplatz ihres Arztes einen Unfall hatte.

> „Warum das alles?“, fragte ich Gott immerzu.

Warum das alles?

Diese Frage stelle ich Gott immerzu. Meine Freunde sind gute Menschen. Freundlich. Liebevoll. Großherzig. Der Chef meiner Freundin hingegen ist grausam, rachsüchtig und völlig ohne Mitgefühl für andere.

Warum müssen meine Freunde leiden? Warum schweigt Gott zu ihrem Schmerz? Sie sind alle drei Christen. Jeder von ihnen bittet Gott um Hilfe – sie und all unsere Bekannten. Warum ist ihre Situation dann noch schlimmer geworden?

Ich weiß es nicht.

Ich werde es niemals wissen.

Ich kann die intellektuelle Schiene fahren und sagen, dass Gott trotzdem die Macht hat, dass er weiß, was er tut und dass letztlich alles zum Guten dienen wird.

Aber ganz ehrlich: Manchmal ist es schwer, sich damit trösten zu lassen.

Doch andererseits – welche Alternativen habe ich?

Gott *hat* die Macht. Er weiß *wirklich*, was er tut. Er ist Gott. Der allmächtige Gott. Der Allerhöchste. Der Gott des Universums.

Er ist Gott, wenn ich an ihn glaube. Er ist auch dann Gott, wenn ich nicht an ihn glaube. Egal, was ich tue, egal, was ich denke: Er ist Gott und wird es immer bleiben. Daran gibt es nichts zu rütteln.

Wenn ich mich daran festhalten kann, mitten im Chaos … nun, dann ist es noch immer nicht der Trost, den ich mir wünsche, weil es die Probleme nicht so löst, wie ich es gerne hätte. Doch dann weiß ich, dass Gott immer da ist, auch wenn ich meine, er sei weit weg.

Vielleicht sollte ich auch mal darum beten, in dieser Gewissheit inneren Frieden zu finden …

Rosemarie DiCristo

EINE NEUE CHANCE

„Fasse Mut, steh auf! Jesus ruft dich!“
Markus 10,49

ERWISCHT!

Wir fuhren die Hügel hinauf und hinunter und schnitten scharfe Kurven. Mein Fuß blieb fest auf dem Gaspedal – ich wollte austesten, welches Tempo der Chevrolet meines Vaters auf dieser hügeligen, kurvigen Landstraße so schaffte. Es war wie auf der Achterbahn.

Da von meinen Freunden die meisten noch keinen Führerschein hatten, war ich der Coole, der alle herumkutschieren konnte. Deshalb musste ich natürlich angeben, sooft es ging.

„Schneller!", trieben mich meine Freunde an. Ich grinste und trat noch fester ins Gaspedal. An einer Hügelkuppe hoben die Räder kurz ab, dann landeten sie mit einem lauten Rums gleich wieder auf der Straße.

Meine Freunde flippten total aus.

„Yippie!"

„Hammer!"

Gleich nachdem ich über die nächste Hügelkuppe gerast war, bekam ich fast einen Herzstillstand, denn ich sah ein Polizeiauto, das im Gebüsch versteckt war. Ich erkannte grob die Umrisse eines Mannes, der mit einer Radarpistole aus dem Fenster zielte … genau auf mich.

Instinktiv stieg ich aufs Bremspedal und schlitterte an dem Beamten vorbei, der sein Auto jedoch sofort auf die Straße manövrierte und mit Lichtsignal hinter mir her brauste.

Erwischt.

„Das ist doch wohl nicht euer Ernst!" stöhnte ich verärgert. In meinem Kopf tauchte wieder die Warnung meiner Mutter auf.

„Fahr lieber langsamer", hatte sie vor Kurzem gesagt. „Wenn du einen Strafzettel bekommst, nehme ich dir den Führerschein weg."

Sogar wenn meine Mutter bei mir mitfuhr, neigte ich dazu, die Geschwindigkeitsbegrenzung zu überschreiten. Mit Sicherheit konnte sie sich ausmalen, wie schnell ich fuhr, wenn sie nicht dabei war.

Als der korpulente Beamte mit dem Strafzettelblock in der Hand auf mein Auto zukam, krampfte sich mein Magen zusammen.

Mutter und Vater bringen mich um!

Mein Herz pochte laut, während ich das Fenster herunterließ.

„Freundchen, ist dir klar, dass du mit 90 km/h in

einer 50er-Zone gefahren bist?", fragte der Polizist mit starkem Dialekt.

Ich scannte mein Hirn, ob sich vielleicht eine vernünftige Ausrede finden ließ. Dann fiel es mir ein. Ich erinnerte mich, wie mein Fahrlehrer uns eingeschärft hatte, auf die Geschwindigkeit zu achten, wenn wir von der Autobahn heruntergefahren waren. Er hatte es erklärt: Wenn man lange Zeit mit hoher Geschwindigkeit auf der Autobahn gefahren ist, hat man anschließend das Gefühl, langsamer zu fahren, als man in Wirklichkeit fährt. Er hatte auch einen witzigen Ausdruck dafür, der mir gerade noch rechtzeitig einfiel.

„Ähm, ich weiß nicht ...", antwortete ich und bemühte mich, meine Stimme nicht zittern zu lassen. „Aber wahrscheinlich war ich *tempofiziert*."

Der Bulle zog seine Augenbrauen hoch und schaute mich an, als sei ich verrückt. Offensichtlich hatte meine wunderbare Ausrede nichts gebracht. Als er mir einen Strafzettel reichte, sank mir das Herz in die Kniekehlen. Ich kannte ein paar ältere Jungs, die von der Polizeistelle Strafzettel bekommen hatten. Ihre Eltern hatten einen Brief erhalten, in dem alles berichtet wurde, was passiert war. Nun würden meine Eltern auch so einen Brief bekommen.

Als der Bulle mir einen Strafzettel reichte, sank mir das Herz in die Kniekehlen.

Na toll. Ich bin erledigt.

Als ich an jenem Nachmittag heimfuhr – jetzt natürlich langsam – dachte ich nur noch darüber nach, wie ich mich retten konnte – vor der Peinlichkeit, dass ich meinen Freunden erzählen musste, meine Eltern hätten mir meinen Führerschein abgenommen. Vor der Standpauke, die mein Vater mir halten würde. (Ironischerweise war mein Vater selbst Fahrlehrer.) Und ich grübelte darüber, wie ich mich vor dem blöden, unvermeidbaren Hausarrest retten konnte, der bestimmt kommen würde. Ich wollte keinen Hausarrest, da ich geplant hatte, mit Freunden campen zu gehen. Also hielt ich den Mund.

Als meine Freunde und ich am Abend um das lodernde Lagerfeuer herum saßen, dachten wir uns alle möglichen Methoden aus, wie ich meinen Eltern den Brief unterschlagen könnte, bevor sie ihn sehen würden.

„In der nächsten Woche *musst* du vor deinen Eltern den Briefkasten leeren", sagte Cole.

„Das funktioniert nicht", antwortete ich. Sie sind beide Lehrer. An manchen Tagen ist Papa schon um 15.15 Uhr zu Hause."

„Und gibt es jemanden in der Nachbarschaft, dem du vertraust, der die Post durchsehen könnte, bevor deine Eltern heimkommen?", fragte John, während er einen weiteren Holzscheit ins Feuer warf.

Jemand, dem ich vertraue.

Unweigerlich blieb ich an diesem Wort hängen: vertrauen. In vollem Ernst spielten wir hier Szenarien durch, wie ich die Wahrheit vor meiner Familie verstecken könnte; und ich hatte überlegt, wem ich so sehr vertraue, dass er etwas Unehrliches für mich tun würde. Das war doch nicht richtig! Aber diesen Gedanken behielt ich für mich.

Wir blieben lange wach und spielten Karten, aßen ungesunde Sachen, redeten über Sport, aber ich hatte keinen Spaß dabei. Schuldgefühle und ein schlechtes Gewissen nahmen mich völlig ein. Ich konnte an nichts anderes denken als an meine Dummheiten – nicht nur, dass ich den Strafzettel bekommen hatte, sondern auch, dass ich es meinen Eltern nicht gesagt hatte.

Am nächsten Morgen, als meine Freunde noch schliefen, machte ich einen Spaziergang durch den Wald, um mit Gott allein zu sein.

„Jesus", betete ich und stapfte einen schlammigen Waldweg entlang. „Ich habe Fehler gemacht – richtig schlimme. Natürlich weißt du das schon."

Heller Sonnenschein drang durchs dicke Geäst und erinnerte mich erneut an Gottes Wunder und seine Schönheit.

„Es tut mir so leid, was ich gemacht habe. Als ich den Strafzettel bekommen habe, ist alles mit mir durchgegangen. Ich hatte Panik und habe mein Gehirn ausgeschaltet."

„Es tut mir leid, Herr, dass ich so unvorsichtig gefahren bin und dass ich gegenüber meinen Eltern nicht ehrlich war. Bitte schenk mir den Mut, ihnen zu erzählen, was ich getan habe. Ich möchte nicht, dass sie sich für mich schämen, aber vor allem möchte ich dich nicht enttäuschen. Bitte vergib mir."

Am selben Abend, beim Abendessen, holte ich tief Luft und sagte: „Mama, Papa, ich muss euch etwas sagen." Ich dachte, am besten verrate ich es ganz schnell und schmerzlos, wie wenn man ein Pflaster von der Haut abreißt.

„Gestern bin ich zu schnell gefahren und wurde erwischt", sagte ich leise.

Mutter schaute mich mit flammendem Blick an.

Vater sagte nur: „Dein Onkel Roger hat erwähnt, dass er dich gesehen hat. Er fuhr an dir vorbei, als du von der Polizei rausgeholt worden warst."

Ich machte mich auf das Schlimmste hoch drei gefasst, doch die Reaktion meiner Eltern überraschte mich. Zwar waren sie sehr enttäuscht und entzogen mir tatsächlich für zwei Monate den fahrbaren Untersatz, aber sie taten auch etwas Unerwartetes. Nach endlosen Predigten über die Gefahr des Rasens nahmen sie mich nun in die Arme, dankten Gott, dass er mich beschützt hatte und sagten, sie freuten sich über meine Ehrlichkeit.

Ich muss zugeben: Es war ein gutes Gefühl, die Wahrheit zu sagen. Und was meinen Strafzettel angeht, hatte ich noch Glück. Weil es meine erste Verkehrssünde war, musste ich nur die Minimalstrafe zahlen. Zusätzlich musste ich an einem sechswöchigen Kurs zum Thema „Rücksichtsvoll fahren" teilnehmen.

Am schwersten fiel mir, meinen Freunden zu sagen, dass ich gerade ohne Führerschein bin. Ohne das Auto war ich nicht mehr der Coole. Aber das ist in Ordnung. Ich habe gelernt, dass es etwas Besseres gibt als die Jagd nach Geschwindigkeit. Es ist das Gefühl, das man bekommt, wenn man das tut, was Gott gefällt.

Todd Casbon

GOD IS DAD

Mit sechs Jahren glaubte ich, „mehr beten" bedeute, die Hände noch fester ineinander zu falten und die Augen noch fester zuzudrücken. Genau das tat ich Abend für Abend mit der verzweifelten Bitte, dass mein Papa mich endlich wahrnimmt. Dass er Zeit mit mir verbringen will. Dass er mich lieb hat. Doch diese Gebete wurden nicht erhört, die ganze Zeit nicht.

In meiner Kindheit versuchte ich alles, was mir in den Sinn kam, um besser, schlauer, lustiger und hübscher zu werden. Doch nie reichte es aus, um seine Aufmerksamkeit zu bekommen. Mittlerweile habe ich diese kindlichen Ambitionen aufgegeben, die Zuneigung meines Vaters zu erobern.

Falls du zufällig mit einem ähnlichen Vater aufgewachsen bist, geht es dir bestimmt auch so, dass es dir schwerfällt, Filme wie „Vater der Braut" anzuschauen. Dieser Film zeigt einen Vater, der total in sein Töchterchen vernarrt ist. Für ihn bricht eine Welt zusammen, als er merkt, dass sie schon erwachsen ist und ihn verlassen wird, weil sie heiraten möchte. Es gibt bewegende Szenen, in denen Vater und Tochter miteinander Basketball spielen und über all ihre Erinnerungen an gemeinsame Zeiten reden. Wenn ich solche Filme sehe, wird es mir immer ein bisschen flau im Magen, weil ich eine solche Beziehung nie erlebt habe.

Jetzt erwartest du bestimmt, dass ich dir erzähle, alles sei nun ganz anders, weil ich meinen himmlischen Vater habe, der die Lücke, die mein irdischer Vater in meinem Herzen hinterlassen hat, endlich ausgefüllt hat. Nun, ich kann nicht abstreiten, dass das Leben mit dem Gott die Leere in meinem Herzen gefüllt hat. Doch eine Beziehung zu Gott als meinem Vater aufzubauen, ist mir schon immer sehr schwergefallen.

Vor Kurzem war ich auf ein paar „Besinnungstagen", die mir halfen, meine Beziehung zu Gott genauer unter die Lupe zu nehmen. Ich möchte dir nun eine Aufgabe stellen, die auch ich dort gestellt bekam. Du brauchst ein paar Blätter Papier und Farbstifte. Male auf das erste Blatt Papier ein Bild von Gott, dem Vater. Vielleicht findest du das verrückt, weil keiner von uns je Gott gesehen hat. Aber nimm dir einfach ein paar Minuten Zeit – im Gebet oder während du ihm Loblieder singst –, und stelle dir vor, wie er aussehen könnte.

Kommt dir ein Bild oder eine Vorstellung in den Sinn?

Wenn du dein erstes Kunstwerk vollendet hast, nimm das nächste Blatt Papier und male ein Bild von Jesus Christus, seinem Sohn. Male ihn so, wie du ihn dir vor dem inneren Auge vorstellst.

Vielleicht hast du schon ein Bild von Jesus gemalt, als ich dich bat, Gott den Vater zu malen. Das kommt öfters vor. Wenn es bei dir so war, dann male nun noch einmal ein Bild vom Vater. Versuche, zwei verschiedene Bilder von Gott zu Papier zu bringen.

Nimm dir anschließend ein wenig Zeit, deine Kunstwerke zu deuten. Welche Farben hast du benutzt? Haben sie eine Bedeutung? Welche Emotionen werden in deinen Bildern deutlich? Wo befindest du dich in deinem Bild? Hast du den Eindruck, dass Gott sich über dich freut oder von dir enttäuscht ist? Diese Übung kann sehr aufschlussreich sein – sie kann dir nicht nur zeigen, wie du Gott siehst, sondern auch, in welcher Beziehung du zu ihm stehst.

Mir offenbarte diese Übung (sie war so etwas wie eine Reise zurück in den Grundschul-Kunstunterricht) eine erschütternde Erkenntnis über meine Beziehung zu Gott, dem Vater. Ich nahm die Stifte und die Farben explodierten förmlich. Es machte mir Spaß, das Bild in meinem Kopf zu Papier zu bringen.

Doch in Wirklichkeit malte ich Jesus. Als ich dann die Aufgabe bekam, Christus, den Sohn, zu malen, hatte ich das bereits getan. Deshalb musste ich mich nun darauf konzentrieren, mein inneres Bild von Gott zu Papier zu bringen. Mit einem Stift in der Hand saß ich da, doch mein Kopf war leer.

Diesmal gab es keine Farbexplosion, weil ich keine Vorstellung von Gott als meinem Vater hatte.

> Ich hatte mir eingeredet, ich bräuchte keinen Vater.

Mit Jesus konnte ich etwas anfangen: Er war mein Erlöser, mein Freund, mein Tröster, mein Hirte. Doch nachdem ich ein Leben lang enttäuscht worden war, hatte ich mir eingeredet, ich bräuchte keinen Vater. Als ich an jenem Nachmittag auf ein leeres Blatt Papier starrte, wurde mir allmählich klar, dass ich nie gelernt hatte, Gott als meinen Vater anzunehmen. Besser gesagt: Ich hatte ihm nie erlaubt, mich als sein Kind in die Arme zu schließen. Ich hatte ihm nicht erlaubt, diese Leere in mir zu füllen. Und ich wusste nicht, wie ich eine solche Beziehung zu dem allmächtigen Gott aufbauen sollte.

Auf diesen Besinnungstagen gab es später eine Runde, in der wir alle um ein Kreuz herum saßen. Nacheinander wurden jedem die Füße gewaschen. Dort am Fuße des Kreuzes hörte ich den Heiligen Geist zu mir sprechen. Mein himmlischer Vater flüsterte eine Entschuldigung anstelle meines irdischen Vaters, der nie für mich dagewesen war.

Jen, es tut mir leid, dass du verletzt worden bist und es tut mir leid, dass du dich so allein gefühlt hast. Ich weiß, welchen Vater du dir immer gewünscht hast und DER BIN ICH.

Als er diese Worte in mein Herz hineinflüsterte, begann ich zu weinen.

Der Vater, von dem ich gedacht hatte, ich könne ohne ihn leben, war die ganze Zeit dagewesen.

Noch immer bin ich dabei zu lernen, wie es sich anfühlt, Gott als meinen Vater anzusprechen. An meinem irdischen Vater zerbrach mein Herz, doch mein himmlischer Vater heilte es. Und es ist so ein gutes Gefühl, dass ich wie ein Kind zu ihm kommen kann. Als nicht mehr ganz so kleine Papa-Tochter kann ich zu Gott kommen, die Hände ganz fest gefaltet und die Augen ganz fest zugedrückt. Ich kann mich von ihm lieben lassen mit einer Liebe, nach der ich mich immer gesehnt hatte – und mit einer Liebe, die er mir immer hatte geben wollen.

Jennifer Dunning

ES GAB EINE ZEIT

Es gab eine Zeit,
In der ich dachte:
„Es“ macht aus mir einen besseren Menschen
Ich hatte Angst vor dem Sterben
Ich vermied erwischt zu werden
Und ich tat so, als sei mir alles egal
Doch ich hab mich verändert
Jetzt weiß ich, wer ich bin
Ich bereue die Drogen
Ich bereue, dass ich zugedröhnt war
Ich wünsch mir von vorne anzufangen
Ich hoffe, ein besserer Mensch zu sein
Denn jetzt
Möchte ich jemand sein

Jahade Brayboy
(verfasst mit 15 Jahren)

GOTT BRAUCHT SOGAR MICH

Ich bin in einem christlichen Elternhaus aufgewachsen und habe eine wunderbare Familie. Meine Eltern haben mich gut erzogen und mir beigebracht, Gott von ganzem Herzen zu lieben. Ich hatte den frommen Slang drauf. Ich wusste, worum es in der Bibel geht und ging jeden Sonntag in den Gottesdienst.

Im Laufe der Jahre wurde ich ein begeisterter Sportler. Sport an sich ist ja nichts Schlechtes, aber bei mir führte es dazu, dass ich beliebt wurde und es bald genoss, im Mittelpunkt zu stehen. Ich wollte die Welt erleben, deshalb fing ich mit 14 an, ziemlich viel Party zu machen. Ich trank viel und tat dumme Sachen. Obwohl ich wusste, dass diese Dinge verkehrt waren, geriet ich auf einen falschen Weg.

Mit 16 fuhr ich auf ein christliches Feriencamp. Dort sprach Gott in mein Herz hinein und sagte: „Jeremy, ich möchte dich gebrauchen. Du musst mit den Sachen aufhören, die du machst. Mit dem Mist, in dem du steckst." Er öffnete mir die Augen und ich erkannte, wie problematisch all das war, was ich tat. Ich schenkte Gott aufs Neue mein Herz.

Nach diesem Erlebnis hatte ich ein paar Jahre lang noch immer ein wenig zu kämpfen. Zwar fiel ich nicht zurück in mein altes Partyleben, doch ich kämpfte damit, dass in meinem Herzen noch immer dieser Drang danach war.

Nach dem Abi ging ich auf eine theologische Hochschule. In meinem ersten Semester dort hielt ein Pastor einmal eine Predigt darüber, dass wir als Christen aus der Welt „herausgehoben" werden. Ich erkannte, dass in meinem Herzen noch so viel Dreck war, der mein ganzes Leben beeinflusste. Also sagte ich schließlich zu Gott: „Ich will einfach nur dir gehören. Vor dir bin ich gar nichts. Ich habe nichts vorzuweisen." In diesem Moment schenkte Gott mir tatsächlich ein neues Herz. Jetzt konnte ich wirklich all diese Dinge loslassen.

Als ich an die Hochschule ging, wusste ich nicht so genau, was ich mit meinem Leben anfangen wollte. In erster Linie wollte ich viel über das Wort Gottes lernen. Mir war klar, dass ich irgendwie in den Dienst für Gott gehen wollte, aber ich wusste nicht, was genau ich machen sollte. Auf jeden Fall wollte ich fest im Wort Gottes verankert sein. Ich wusste, dass

Ich wusste nicht so genau, was ich mit meinem Leben anfangen wollte.

es heikel werden kann, wenn man, ohne in der Bibel verwurzelt zu sein, für Gott aktiv wird. Unmöglich ist das zwar nicht, doch ich wollte die biblischen Weisheiten gern in meinem Herzen haben. Ich wollte das Wort studieren. Es ist die Nahrung für unsere Seele. Deshalb studierte ich die komplette Bibel – also alles vom ersten Buch Mose bis zur Offenbarung. Es war unglaublich, was Gott mir alles beibrachte. Das Studium war zweifellos ein Wendepunkt für mich.

Als ich mit dem Studium fertig war, ging ich in eine Gemeinde und leitete dort den Lobpreis. Dann bekam ich immer mehr Anrufe von verschiedenen Gemeindeleitern, die alle immer in etwa das Gleiche sagten: „Wir möchten gern das hören, worüber alle in deiner Hochschule geredet haben. Mein Sohn/meine Tochter/ein Jugendlicher aus unserer Jugendgruppe hat von dir erzählt. Bitte komm und spiel in unserer Gemeinde." Das kam plötzlich sehr häufig vor.

Recht bald wurden es so viele Anrufe, dass ich dazu überging, fast nur noch Lobpreis zu machen und Konzerte zu geben. Ich machte eine Demoaufnahme und verkaufte in sehr kurzer Zeit 10 000 Platten. Es war deutlich, dass Gott mir die Türen zum Musikmachen öffnete.

Obwohl Gott mein Herz vollständig eingenommen hat, gibt es noch immer Dinge, die ich lernen muss.

Was Gott mir in letzter Zeit aufs Herz gelegt hat, ist die Grundlage dessen, wozu ich überhaupt auf der Erde bin: um Gemeinschaft mit ihm zu haben. Das wichtigste Gebot ist, Gott von ganzem Herzen, von ganzer Seele und mit aller Kraft zu lieben und meinen Nächsten wie mich selbst. In letzter Zeit hatte ich den Eindruck, dass Gott zu mir sagt: „Jeremy, mach langsamer. Du bist so beschäftigt, immer musst du machen, machen, machen. Du versuchst, alles im Griff zu haben und dies oder das auf die Beine zu stellen. Ruhe einfach mal bei mir aus."

Um effektiv die Arbeit tun zu können, zu der Gott mich berufen hat, muss ich mir Zeit mit Jesus nehmen. Aus diesen Zeiten fließt dann die Liebe über, die ich brauche. Zu dieser Einfachheit muss ich zurück. Hoffentlich werde ich diese Lektion niemals vergessen.

Die Musik hat mir Türen geöffnet, sodass ich vielen Menschen Gott nahebringen kann. Es ist Wahnsinn, das zu sehen. Zu sehen, was Gott getan hat; Tausende von Menschen zu sehen, die geantwortet haben, weil Gott mich gebraucht hat – das ist wirklich Wahnsinn. Es macht mich auf jeden Fall sehr demütig.

Es ist verrückt, Geschichten von irgendwelchen Leuten aus allen möglichen Ländern zu hören. Neulich bekam ich einen Brief aus Malaysia, in dem sich jemand für meine Musik bedankte. Es ist verrückt. Ich verstehe es nicht, denn ich weiß, dass ich eigentlich keine große Leuchte bin.

Jedoch weiß ich auch, dass Gott die „kleinen Leuchten" in der Welt gebraucht. Dafür bin ich ein Beweis.

Jeremy Camp

DANKE

Hier bin ich, wieder in deiner Gegenwart
Ja, hier bin ich, und bitte wieder um Vergebung
Immer wieder bin ich auf die Nase gefallen
Doch du hobst mich auf und übernahmst meinen Platz
Du nahmst meinen Schmerz
und all meine schlimmsten Ängste
Du zeigtest mir wahre Liebe
und wischtest meine Tränen ab
Du kennst all meine Träume,
meinen ersten Aufwachgedanken
Die Narben, die ich verstecke,
und die Kämpfe, die ich ausgefochten habe
Immer bist du dagewesen, ganz nah an meiner Seite
Durch dick und dünn und durch die Zeiten,
in denen ich weinte
Ich weiß noch, dass ich früher
über deinen Namen gelacht habe
Als ich mich vor dem Licht versteckte
und mich beschämt duckte

Danke

Eine Zeit in meinem Leben,
in der ich ungeliebt und einsam war
Doch du schenktest mir Freunde
und gabst mir eine Heimat
Du hattest Mitleid mit mir
und brachtest mir das Lieben bei
Du bist das Tor zum Himmel
und zu meinem Vater dort oben
Du gabst dem Leben einen Sinn, einen Grund zu leben
Nichts gibt so viel Kraft wie die Hoffnung, die du schenkst
Du bist das Lachen auf meinem Gesicht
und das Licht in meinen Augen
Du siehst das wahre Ich, nicht die Lügen
Deine Vergebung ist das Einzige, was ich brauche
Mit dir in meinem Leben ist meine Seele frei geworden
Du kamst vom Himmel, um in meinem Herzen zu leben
Vor aller Zeit warst du schon da, von Anfang an
Dein Tod am Kreuz hat gezeigt, was Liebe bedeutet
Du erhellst unser Leben oben vom Himmel aus
Du beleuchtest unsere Wege und zeigst uns den Weg
Du bist hier in meinem Herzen und da sollst du bleiben
Du bist der Retter der Seelen und unsere rettende Gnade
Und du verlangst nichts mehr als unseren Glauben

BJ Hughes
(verfasst mit 16 Jahren)

WENN GOTT SAGT: „ICH BIN BEI DIR“

Wie jeden Tag kam ich von der Schule heim und schnappte mir eine Kleinigkeit zu Essen und eine Limo. Ich hatte einen Berg Hausaufgaben vor mir, darum musste ich sofort anfangen. Doch irgendetwas an diesem Tag war verdächtig. Meine Mutter hatte das Haus nicht verlassen, obwohl es ein Arbeitstag für sie war.

Ich ging in mein Zimmer und begann mit den Hausaufgaben. Ungefähr eine Stunde später kam meine Mutter zu mir und sagte: „Zieh dir sofort Schuhe an. Wir müssen ganz schnell weg.“ Ich band rasch meine Schnürsenkel zu und los ging's. Während der Autofahrt fragte ich meine Mutter permanent, wo wir denn hinfuhren, doch sie verriet es mir nicht. Dann kamen wir am Krankenhaus an und ich bekam Angst, weil ich merkte, dass es etwas Ernstes war.

Als wir drinnen waren, sah ich ziemlich viel Verwandtschaft von uns und auch einen Pfarrer. Noch immer wusste ich nicht, warum wir dort waren, bis ein Arzt hereinkam und unserer Familie die Nachricht mitteilte. Mein Vater hatte mit dem LKW, mit dem er dienstlich unterwegs war, einen Unfall gehabt und war mit dem Kopf aufgeprallt. Sie untersuchten ihn gerade per Computertomographie, doch so viel die Ärzte bereits erkennen konnten, war er hirntot.

Mein einziger Gedanke war: *Jetzt hab ich keinen Vater mehr.*

Als die Ärzte uns das mitteilten, war mein einziger Gedanke: *Ich habe keinen Vater mehr.* Ich konnte nur noch Rotz und Wasser heulen. Ich fragte den Arzt, ob ich meinen Vater sehen dürfe und er erlaubte es. Mein Vater war von so vielen Geräten und Schläuchen umgeben, dass mir das Bild eines Sturmes in den Sinn kam, der sich hinter den Wolken versteckt. Das Einzige, was ich tun konnte, war, seine Hand zu nehmen und zu beten. Ich betete laut, in der Hoffnung, dass auch mein irdischer Vater meine Stimme hörte.

Die Ärzte entschieden, meinen Vater für weitere Untersuchungen in ein anderes Krankenhaus zu verlegen, das fünfzig Kilometer entfernt war. Als er dort eintraf, kam er auf die Intensivstation für Neurologie. Er wurde an eine Herz-Lungen-Maschine angeschlossen, da er nicht selbstständig atmete. Zu diesem Zeitpunkt, als all das passierte, war ich 14 Jahre alt. Ich hatte nicht nur die Hoffnung aufgegeben, noch einen Vater zu haben, ich war auch drauf und dran, Gott aufzugeben.

Die Untersuchungen gingen weiter und schließlich, wenigstens ein einziges Mal, gab es eine richtig erfreuliche Nachricht: Er war nicht hirntot. Er hatte einen Schlaganfall erlitten und noch Blutungen im Gehirn. Die Monate vergingen und ich versuchte kontinuierlich, mit meinem Vater zu kommunizieren. Er sollte wissen, dass jemand hinter ihm stand, dass ich noch das Beste hoffte. Etwa sechs Monate lang ging ich nicht in die Schule, sondern verbrachte die Nächte im Krankenhaus.

Eines Tages öffnete mein Vater zum ersten Mal seine Augen. Er konnte definitiv nicht sprechen, weil er über einen Schlauch beatmet wurde. Doch ich konnte mit ihm kommunizieren und er konnte über seine Mimik oder mit den Händen antworten.

Acht Monate später veranstalteten wir zu Hause für ihn eine Willkommensparty. Das war einer der schönsten Tage überhaupt.

Das alles ist nun vier Jahre her. Bis heute kommt mein Vater nicht sonderlich gut zurecht, er kann nur wenig allein machen. Aber immerhin ist er noch bei uns und dafür bin ich jeden Tag dankbar. Ich versuche, meinen Vater täglich ein paar Minuten zu sehen oder mit ihm zu telefonieren, damit er weiß, dass ich ihn lieb habe. Denn vielleicht gibt es kein Morgen mehr, um es ihm zu sagen.

Diese lebensverändernde Erfahrung hat mir klar gemacht, dass wir noch nicht mal einen einzigen Tag als selbstverständlich betrachten sollten und dass wir unsere Beziehung zu Gott nie vernachlässigen sollen. Vielleicht wachst du eines Morgens auf und dein Leben ist komplett anders.

Einen großen Teil meines Lebens war ich mir nicht bewusst, dass Gott da ist. Jetzt habe ich erkannt, dass er die ganze Zeit bei mir war.

Tennille Johnson

„DU BRAUCHST DICH NICHT ZU FÜRCHTEN!“

Hier wird es mindestens eine Stunde früher dunkel als sonst überall. Und wenn die Nacht erst mal angebrochen ist, wirkt es hier dunkler als an allen Orten, die ich kenne. Die Bäume wachsen hier so dicht, dass man von Glück reden kann, wenn man ein bisschen Mondlicht durchschimmern sieht. Die Gebäude stehen so weit voneinander entfernt, dass das Licht nichts bringt, wenn man nachts umherläuft.

So furchtbar gefährlich ist dieser Ort, an dem ich mich befinde, eigentlich nicht. Ich bin auf einem christlichen Feriencamp – dem Feriencamp, auf dem ich bereits den ganzen Sommer verbracht habe. Auch letztes Jahr war ich den ganzen Sommer über hier. Genau diesen Pfad bin ich heute schon mindestens sechs Mal gelaufen und vorher auch schon Hunderte Male. Ich habe meine Gruppe schon oft auf diesem Pfad geführt.

Ich habe schöne Erinnerungen an diesen Pfad. Mehrmals sind wir auf ihm entlanggerannt, um vor allen anderen beim Lobpreisgottesdienst zu sein. Oft hatte ich auf dem Weg zur Mittagspause die Teilnehmer den Pfad rasch hinuntergescheucht, damit für mich selbst auch ein bisschen Zeit zum Ausruhen heraussprang. Auf diesem Pfad hatten wir Lieder gesungen. Auf diesem Pfad waren wir zum Hochseilgarten, zum See und zum Pool gewandert. Genau dieser Pfad führte uns zu all den wunderbaren Dingen, die wir in unserem Camp unternehmen konnten. Eigentlich weiß ich, dass dieser Pfad nicht gefährlich ist. Doch irgendwie macht dieses Wissen meinen Gang heute Abend kein bisschen leichter.

Noch nie konnte ich im Dunkeln besonders gut sehen. Andere Leute sind richtig gut bei Spielen, die man nachts spielt, beispielsweise „Taschenlampenfangen“ oder „Flagge erobern im Dunkeln“. Ich ganz bestimmt nicht. Doch das hier ist schlimmer als ein Freizeitspiel. In den Spielen weiß ich, dass andere Leute in der Nähe sind. Doch in diesem Moment kann ich gar nichts sehen. Ich laufe hier diesen Pfad entlang, allein in der Nacht, und mache mir vor Angst fast in die Hose.

Ich habe vorher gewusst, dass ich dieses Jahr die ganze Strecke zu Fuß gehen muss: vom Freizeitbüro zu den Zelten, wo alle anderen Teilnehmer und Mitarbeiter sich aufhalten. Wahrscheinlich war mir vorher einfach nicht klar gewesen, wie lang dieser Weg ist, wenn ich ihn allein im Dunkeln gehen muss. Jetzt, nachdem ich den Anrufbeantworter abgehört und auch überprüft habe, ob alle Teilnehmer vor dem Zubettgehen die Medizin bekommen haben, die sie brauchen, ist es schon so dunkel wie um Mitternacht.

Ich hätte mir eine Taschenlampe ausleihen sollen. Jede Woche achte ich darauf, dass ich eine funktionierende Taschenlampe parat habe. Jede Woche ist sie schon am zweiten Abend kaputt oder die Batterien sind leer. Heute Nacht ist meine Taschenlampe zwar noch nicht kaputt, aber das Licht wird nach und nach immer schwächer. Es reicht gerade so, um den Boden direkt vor meinen Füßen zu sehen.

Mein Herz rast und ich male mir aus, was alles passieren könnte.

Wie meine Schritte, so wird auch mein Herzschlag schneller, denn ich male mir all die Sachen aus, die mir auf diesem Fußmarsch passieren könnten. Ist heute vielleicht ein Fremder ins Feriencamp eingedrungen? Was ist, wenn eine Schlange oder ein Waschbär in meine Nähe kommt?

Einmal war ich diesen Sommer kurz vor Einbruch der Dunkelheit wieder auf dem Pfad, als ich eine lange Schlange am Wegesrand entdeckte. Allein der Gedanke an diese Schlange lässt mich vor Ekel und Angst schaudern, während ich jetzt so allein unterwegs bin. Ich hoffe, dass heute Nacht keine Schlangen da sind. Falls ich dummerweise auf eine stieße, würde das Licht der Taschenlampe sie ohnehin erst so spät anleuchten, dass ich dann gar nicht mehr wegrennen könnte.

Hätte ich doch bloß einen großen Scheinwerfer anstelle einer Taschenlampe, die fast ihren Geist aufgibt. Wenn ich einen Scheinwerfer hätte, wüsste ich genau, wo ich hingehen muss und bräuchte mich nicht zu fürchten.

Du brauchst dich nicht zu fürchten! Innerlich spüre ich Gottes Stimme zu mir sprechen.

Dieser Satz unterbricht meine Gedankenspirale. Sofort fange ich an zu beten und laufe dabei weiter. Ich bitte Gott um Vergebung, weil ich ihm nicht vertraut habe. Ich spüre, wie meine Angst mehr und mehr schwindet. Mir wird klar, dass ich keinen riesigen Scheinwerfer anstelle der Taschenlampe brauche. Wenn ich mein Vertrauen auf Gott setze, werde ich genau wissen, wohin ich gehen soll und ich brauche keine Angst zu haben.

Merkwürdigerweise fühlt sich der Wald jetzt friedlich und schön an. Meine kleine Taschenlampe beleuchtet mir den Weg.

Du brauchst dich nicht zu fürchten! Erneut höre ich innerlich Gottes Stimme.

Und jetzt habe ich keine Angst mehr auf diesem Pfad. Ich weiß, dass ich mit Gottes Hilfe sicher überallhin komme, wo ich hinmuss.

Schließlich treffe ich bei den Zelten ein. Die Teilnehmer sind kurz vor dem Einschlafen.

Ich ziehe mein Tagebuch hervor und fange an zu schreiben. In letzter Zeit ist mein Tagebuch ein Ort gewesen, an dem ich all meine Sorgen über Schule, Familie und Beziehungen loswerden konnte.

Du brauchst dich nicht zu fürchten!

Plötzlich wird es mir schlagartig klar: Ich habe mich gefürchtet! Ich habe Gott nicht komplett vertraut. Mit dieser Erkenntnis wird mir richtig bange ums Herz, viel banger als ich mich je auf dem Pfad im Camp gefühlt habe. Ich habe versucht, meinen Lebensweg ganz allein zu gehen.

Ich blättere in meinem Tagebuch zurück. Viele Sachen, über die ich mir unnütz Sorgen gemacht hatte, haben sich mittlerweile mit Gottes Hilfe geklärt. Gott hat mir in kleinen Dingen geholfen, unter anderem ein Kleid für einen Ball zu finden, und genauso in den großen Sachen, beispielsweise genug Geld für eine Missionsreise zusammenzubekommen.

Ich habe mir über viel zu viele Sachen Sorgen gemacht. Ich habe alles allein schaffen und einen Scheinwerfer auf meinen Schultern tragen wollen, um jeden einzelnen Schritt genau zu planen – anstatt mich an Gottes Taschenlampe festzuhalten und auf seine Führung zu hoffen.

Ich schlage eine neue Seite in meinem Tagebuch auf und fange an, ein neues Gebet aufzuschreiben:

„Danke, Vater, dass ich mich nicht zu fürchten brauche. Ich wünsche mir deine Freude anstelle von Angst und Sorgen. Ich brauche keinen Scheinwerfer; ich brauche dich. Ich bitte dich, führe meine Schritte …“

Sarah Mae Ratliff

WENN ZWEI FREUNDE SICH STREITEN …

Ich kämpfte mit den Tränen, als ich den Telefonhörer auflegte. Die verletzenden Worte von Kristen hallten in meinen Gedanken wider. *Warum schaffe ich es nicht, mich besser zu verteidigen? Sie hat einfach komplett falsch verstanden, was ich getan habe. Was soll ich da noch sagen? Habe ich soeben eine Freundin verloren?*

Die ganze Nacht lang machte ich mir Sorgen.

Wie redet sie wohl vor ihrer Familie von mir? Warum bloß kapiert sie nicht, dass sie völlig falsch liegt? Hätte ich doch nicht … gesagt. Hätte ich mich doch nur getraut … zu sagen.

Irgendwie spürte ich, dass es nicht von allein werden würde. Ich musste den ersten Schritt wagen.

Und wenn ich was Falsches sage, wenn daraus wieder ein neuer Streit wird? Vielleicht will Kristen ja gar nicht mit mir reden? Sollte ich die ganze Sache einfach unter den Tisch fallen lassen und hoffen, dass wir sie beide vergessen?

Vielleicht sollte ich Kristen eine Zeitlang aus dem Weg gehen?

Nein, das ging nicht, denn wir würden uns zwangsläufig in der Gemeinde sehen. Außerdem war Kristen meine Freundin und meine geistliche Schwester. Wir mussten diesen Konflikt lösen.

Die ganze Nacht wälzte ich mich im Bett hin und her, dabei weinte ich jedes Mal, wenn ich an Kristens gefühllose Sprüche dachte und an all das, was ich gern anders gemacht hätte. Allerdings schenkten mir diese schlaflosen Stunden Zeit zum Nachdenken und Beten. Meine Tränen schwemmten die Emotionen weg, die vielleicht sonst unser nächstes Gespräch dominiert hätten.

Als Kristen und ich dann später miteinander redeten, hatten wir uns beide beruhigt und einen klareren Blick auf die Sache bekommen. Das Gespräch machte uns nicht den größten Spaß, ganz im Gegenteil. Es war nicht einfach. Ich kam gleich zur Sache und sagte Kristen, dass ihr Satz mich verletzt hatte und sie erzählte mir, welche Auswirkung meine Handlungen auf sie gehabt hatten. Wieder hatte ich beim Auflegen des Telefons Tränen in den Augen, doch diesmal waren es Tränen der Heilung statt Tränen der Wut.

Es war eine gute Erfahrung, die mich lehrte, dass Konflikte eine Freundschaft nicht zerstören müssen.

Das war eines der seltenen Male, bei denen ich mich wirklich auf ein schwieriges Gespräch einließ. Normalerweise meide ich Konflikte wie kalten Kaffee oder Leute mit Magen-Darm-Grippe.

Normalerweise meide ich Konflikte wie Leute mit Magen-Darm-Grippe.

Leider gibt es aber nun mal Konflikte zwischen Freunden. Wir sind unterschiedlicher Meinung und tun Dinge, die den anderen furchtbar ärgern. Die Frage ist, wie wir diese Probleme auf eine gute Weise lösen, die Gott gefällt.

Wenn ich's ignoriere, wird's schon verschwinden, oder?

Für die von uns, die bereits beim Gedanken an eine Konfrontation Bauchweh kriegen, ist wahrscheinlich die erste Reaktion: Wegrennen. Der Person aus dem Weg gehen. Das sagen, was diese Person hören möchte, um eine Auseinandersetzung zu vermeiden. Beten, dass Gott alles löst, damit wir uns nicht länger damit beschäftigen müssen.

Genau auf diese Weise reagierte ich auf eine Meinungsverschiedenheit mit meiner Freundin Stephanie einige Zeit nach dem Konflikt mit Kristen. Eigentlich hatte unsere „Meinungsverschiedenheit" schon monatelang gebrodelt und wartete nur auf den Ausbruch. Wir wussten, dass wir an manchen Stellen nicht einer

Meinung waren, doch wollte keine von uns die Sache angehen und über unsere Unterschiede reden, weil wir uns beide so sehr vor Konflikten scheuten.

Eines Tages tauchte das Thema in einem Gespräch auf. Nachdem wir den Ärger monatelang in uns hineingefressen hatten, bekamen wir schließlich das, wovor wir uns am meisten gefürchtet hatten: einen handfesten Streit. Schon viel zu viel Zeit hatten wir damit verbracht zu überlegen, wer recht hat und wer unrecht. Hinterher wünschte ich, wir hätten nicht so lang gewartet und das Problem einfach früher angesprochen.

Am eigenen Leib musste ich erfahren, dass es gar nichts bringt, Konflikte zu ignorieren. Man gibt nur dem Feind mehr Zeit mitzumischen.

Ein paar Tage nach meinem heftigen Streit mit Stephanie ging ich zu einem unserer Pastoren und fragte um Rat. Ich erzählte kurz und knapp, was zwischen mir und „einer Freundin“ passiert war. Er gab mir gute, biblisch fundierte Ratschläge. Als ich heimging, war ich zuversichtlich, wieder auf Stephanie zugehen zu können.

Aber ich war schockiert, als die Ratschläge des Pastors nicht sofort Wirkung zeigten. Außerdem rastete Stephanie aus, als ich durchschimmern ließ, dass ich zu unserem Pastor gegangen war. Im Nachhinein denke ich, dass ich mit ihr hätte reden sollen, bevor ich zu ihm ging. Ich hätte sagen sollen: „Komm, wir reden zusammen mit ihm."

Gemeinsame Freunde von Stephanie und mir bekamen mit, was los war und versuchten, sich einzumischen. Doch ich weigerte mich, die Sache durch Tratschen und Beeinflussung der Freunde noch zu verschlimmern. In meinem Gespräch mit dem Pastor hatte ich weder Stephanies Namen noch andere verräterische Informationen preisgegeben.

Vielleicht fühlt es sich im ersten Moment gut an, bei Freunden Luft abzulassen, wenn man in einem Konflikt steckt. Aber ich musste mich häufig selbst daran erinnern: Tratschen und Lästern – was Gott ganz sicher verabscheut – bringen langfristig gesehen nur mehr Probleme.

Es ärgerte mich, dass sich der Konflikt mit Stephanie nicht so löste wie der mit Kristen. Letztendlich musste ich akzeptieren, dass ich alles in meiner Macht Stehende getan hatte, um unsere Meinungsverschiedenheit beizulegen. Am Ende musste ich die ganze Situation in Gottes Hände legen – auch meine Beziehung zu Stephanie.

Ich habe gelernt, dass *Abgeben* und *Aufgeben* zwei verschiedene Paar Schuhe sind. Manche Konflikte können nicht schnell und einfach gelöst werden. Sie brauchen Zeit – Zeit, in der Gott an jedem einzelnen Herzen wirken kann.

Die Überraschung war riesig, als Stephanie mich über ein Jahr später aus heiterem Himmel anrief.

„Jeanette, ich muss dich um Verzeihung bitten", sagte sie.

Zum ersten Mal konnten wir über das reden, was passiert war.

„Es war nicht alles deine Schuld", konnte ich schließlich zugeben. „Auch ich muss dich um Verzeihung bitten."

In den vielen Monaten hatte Gott an uns beiden gearbeitet. Durch verschiedene Erfahrungen hatte er uns gezeigt, was wichtig ist und was nicht. Die Sache, die einst so riesig groß gewesen war, wirkte plötzlich wie eine Lappalie, wegen der man doch keine Freundschaft beenden muss.

Es ist erstaunlich, was passieren kann, wenn wir Gott ein Problem wirklich anvertrauen und es bei ihm lassen. Oft tut er genau das, was wir zu Beginn von ihm erwartet haben: Er löst es. Der Trick besteht darin, dass wir Gott machen lassen müssen, auf seine Weise und mit seinem Timing.

Jeanette Hanscome

„ALLES WIRD GUT"

Meine Mutter hatte Krebs. Doch nach sechs Monaten Chemotherapie sah es so aus, als hätten sich ihre bösartigen Lymphknotenschwellungen verflüchtigt. Nachdem wir monatelang unter Stress gelebt hatten, ging unsere Familie rasch und fröhlich wieder zum ganz normalen Alltag über.

Endlich konnte ich wieder im Unterricht sitzen, ohne zu grübeln, wie es Mutti wohl ging. Vati schaffte wieder sein normales Arbeitspensum und mein Bruder Joey sowie meine Schwester Sara wurden wieder von ihren zusätzlichen Aufgaben im Haushalt befreit. Wir alle freuten uns sehr auf die Sommerferien in den tiefen Wäldern Wisconsins, dem US-Bundesstaat, in dem wir lebten.

Ein Urlaubsmoment brannte sich uns allen tief ins Gedächtnis ein: Ich hing hinter einem etwas zu starken Wasserski-Schnellboot in einem Gefährt, das wie ein LKW-Schlauch aussieht. Das Ganze nennt sich „Tubing". Irgendetwas fährt immer in meinen sonst so sanftmütigen Vater, wenn er auf dem offenen Wasser mit etwas zu viel PS am Steuer sitzt! Vielleicht witterte er die Gelegenheit, mir all meine schmutzigen Windeln und verpassten Zapfenstreiche der ganzen Jahre heimzuzahlen.

Mit Bleifuß auf dem Gas schleuderte Vati mich übers Wasser, als wäre ich eine Stoffpuppe. Meine Schreie klangen wieder so wie in der Zeit vor meiner Pubertät, doch ich war entschlossen, nicht loszulassen. Ohne dass ich es merkte, begann unter all dem Wasserdruck meine Badehose zu reißen und mein Hinterteil wurde für alle in der Sonne liegenden Seebesucher sichtbar. Dieses Lachen brachte meine Familie förmlich zum „Bersten". Monatelang hatten wir unter einer Wolke der Hoffnungslosigkeit gelebt, doch jetzt war das Lachen wieder zu uns zurückgekehrt. Wir waren den Klauen der Krebskrankheit entronnen, zumindest meinten wir das.

Ende November fiel Vati und mir auf, dass die alltäglichen Aufgaben Mutti wieder mehr anstrengten. Die Wäsche begann sich zu türmen. Mutti bat uns Kinder, bestimmte Aufgaben zu übernehmen, die wir sonst nie zu übernehmen brauchten. Wenige Wochen später bat sie Vati, ihr abends vor dem Schlafengehen die Treppe hinaufzuhelfen.

Ein erneuter Besuch beim Arzt bestätigte unseren Verdacht. Der Krebs war wieder da.

Am Montag, dem 17. Januar 2005, als ihre Atmung unregelmäßig wurde, brachten wir Mutti schnell ins Krankenhaus. Die Ärzte gaben ihr noch eine Lebensdauer von drei Monaten. Zu unserem Schock ging Mutti noch in derselben Woche heim zu Jesus.

Das Leben in unserer Familie veränderte sich schlagartig. Von einem Tag auf den anderen war da keine beruhigende Stimme mehr, die nach einem anstrengenden Schultag zu mir sagte: „Alles wird gut“. Es war keiner da, der mir schnell eine Schüssel Cornflakes vorbereiten konnte, wenn ich morgens zu spät dran war.

Ich würde mit meiner Mutter keinen kurzen Blick austauschen können, wenn ich in der Schule bei der Abschlussfeier über die Bühne laufen würde.

Doch mitten in allem Leid fand ich Kraft in meinem Glauben. All das Wissen, das ich aus Predigten, Freizeiten und Jugendevents mitgenommen hatte, wurde jetzt sehr konkret und ich spürte Gottes Gegenwart. Seine Liebe bestand nicht bloß aus schönen Sätzen in einem Lied, nicht bloß aus Worten auf Papier. Sie war echt. Sie bewies sich in Mahlzeiten, die uns von Freunden gebracht wurden, in Umarmungen von Verwandten und darin, dass meine Jugendgruppe meine Party zum Schulabschluss organisierte.

Mitten im Leid fand ich Kraft in meinem Glauben.

Gottes Liebe berührte mich auch durch meinen Leiter von „Jugend für Christus". In einer Zeit, in der ich in der Trauer hätte versinken können, traf er sich wöchentlich mit mir. Er nahm echten Anteil an meinem Leben, war aber gleichzeitig als Erwachsener für mich da, den ich jetzt auch brauchte. Ich bat ihn sogar, an Muttis Beerdigung einer der Sargträger zu sein.

Trotz des Schmerzes bin ich so dankbar für die Familie, die Freunde und den Glauben, die mich durchgetragen haben. Gott benutzte den Tod meiner Mutter, um meinen Blick nach außen zu lenken. Ich war gezwungen, jeden Tag im Glauben anzugehen.

Ja, Leute in meinem Alter sind für ihre Risikofreude bekannt, doch oftmals suchen wir das Risiko in den falschen Lebensbereichen. Schnell fahren oder Schule schwänzen sind solche Risiken, die ich zu meiner Schande auch eingestehen muss. Dabei war für mich nichts auf der Welt besser als das Risiko, meinen Glauben auf einen unsichtbaren Gott zu setzen. Ungewissheit kombiniert mit blindem Glauben an Jesus – das hat mein Leben verwandelt und ich bin ein anderer Mensch geworden.

Meine Zukunft stellte ich mir als Kind so vor: Ich würde einmal heiraten und Kinder bekommen. Meine Kinder würden oft bei Oma und Opa sein, wo sie viele Stunden lang Abenteuer erleben, wie ich sie in meiner

Kindheit erlebt hatte. Aber manche Sachen laufen einfach nicht so, wie man sie geplant hat. Wenn ich jetzt an meine Zukunft denke, dann weiß ich, dass ich studieren werde. Das ist mein Plan. Danach möchte ich mich gern selbstständig machen. Und bestimmt kommt das Thema Familie auch irgendwann dran. Hinsichtlich meiner Zukunft im Himmel bin ich zuversichtlich, dass ich eines Tages wieder „Alles wird gut“ hören werde, wenn ich mit meiner Mutter auf den Straßen der Ewigkeit spazieren gehe.

Andrew Parker

ENDLICH FREI

Angst – sie begleitete mich durch schlaflose Nächte. Schreien und Brüllen – diese Geräusche hörte ich viele Jahre lang die meiste Zeit über. Manchmal lag ich im Bett und weinte vor Kummer. Ich hoffte, dass dieses ganze Trauma irgendwann aufhört. Ich glaubte, dass mein Leben enden müsse, wenn es keine Möglichkeit gab, dass mein Vater endlich von den Drogen wegkam.

Schon in jungen Jahren hatte mein Vater angefangen, mit den falschen Leuten abzuhängen. Er war oft an Schlägereien beteiligt. Er meinte, dass sein Leben besser würde und dass er glücklicher wäre, wenn er Drogen nahm. Also fing er an zu trinken, zu rauchen und Crack (Kokain) zu nehmen. Es war der Versuch, seine natürlichen, sündigen Bedürfnisse zu stillen. Dabei war ihm nicht klar, dass jedes einzelne dieser Rauschmittel gefährliche Folgen nach sich zog. Am süchtigsten war er

Mein Vater fing an zu trinken, zu rauchen und Crack zu nehmen.

nach Crack, und es gab nur eines, was seinen Drang nach den Drogen stoppen konnte.

Da er in einem christlichen Elternhaus aufgewachsen war, wusste mein Vater, dass Gott der Einzige ist, der ihn von dem Drang nach Drogen befreien konnte. Doch mein Vater ging Gott aus dem Weg, er wollte lieber seinen Spaß haben. Jedes bisschen Geld, was übrig war, nahm er für Drogen und richtete sein Leben damit zugrunde. Sogar das Weihnachtsgeld nahm er, um seine Sucht zu befriedigen. Er ging auch so weit, dass er wegen seiner Sucht große Dummheiten machte und Leute beklaute. Schließlich kam er für 18 Monate ins Gefängnis – doch weder das noch der Aufenthalt in einer Entzugsklinik halfen.

Nachdem mein Vater aus der Entzugsklinik entlassen worden war, wusste er, dass der Wunsch nach Drogen wiederkommen würde. Zu gerne hätte er das Rad zurückgedreht und sein Leben geändert. Doch es war zu spät. Nur Gott konnte ihm helfen.

Später ging er in eine Gemeinde und erhoffte sich, dort das Nötige zu bekommen, um sein Leben in den Griff zu kriegen. Er fing an, mit dem Pastor zu reden und fragte ihn, wie er gerettet werden könne. Das Einzige, was der Pastor ihm sagen konnte, war: „Glaube von ganzem Herzen, dann wird Gott dich retten."

Nach ein paar halbherzigen Versuchen schenkte

mein Vater schließlich Jesus sein ganzes Herz und unterstellte ihm sein Leben. Seit diesem Tag ist das Leben meines Vaters anders geworden.

Es ist fast so, als wäre er ein neuer Mensch. Er kann jetzt anderen Abhängigen erzählen, dass Drogen zu nichts führen, sondern sie für immer kaputt machen. Mein Vater bezeugt vor anderen Leuten, wie man gerettet werden kann. In der Gemeinde hilft er viel mit und ist Mitarbeiter in der Sonntagsschule. Außerdem geht er sonntags ins Gefängnis und erzählt den Leuten dort, was Gott für ihn getan hat.

Daraus habe ich viel fürs Leben gelernt. Ich habe gelernt, dass Drogen der verkehrte Weg sind, um mit dem Leben umzugehen.

Ich bin dankbar für meinen Vater, der mir von Jesus erzählt hat. Ich wünsche mir, dass jeder erkennen kann, wie groß Gott ist – und dass er jedes noch so kaputte Leben umkrempeln kann.

Caroline Biggerstaff

T-SHIRT-ZEUGNIS

An einem strahlenden Frühlingsmorgen, der aussah wie Hunderte andere Tagesanfänge, klingelte mein Wecker nicht und ich wachte zu spät auf. Hektisch zog ich mir ein Paar Jeans und ein T-Shirt an und rannte die Treppe hinunter.

Mir war sofort klar, dass es so ein Tag werden würde, an dem alles schiefgeht.

„Warum hast du nicht mehr Milch gekauft?“, stellte ich meine Mutter zur Rede, als die Milch noch nicht mal für eine einzige Schüssel Cornflakes reichte. Dann schnauzte ich meinen kleinen Bruder an, weil er den letzten Waffelkeks gegessen hatte.

> **Ein Freund bot mir an abzuschreiben und ich hatte nur minimale Schuldgefühle dabei.**

Als ich in der Schule ankam, merkte ich, dass ich meine Mathe-Hausaufgaben vergessen hatte. Als mein Lehrer mich danach fragte, antwortete ich ihm mit einem besserwisserischen Spruch. Mein Lehrer starrte mich lange an, schüttelte dann seinen Kopf und ging fort.

In Physik schrieben wir einen unangekündigten Test und ich war nicht vorbereitet. Ein Freund bot mir an abzuschreiben und ich nahm das Angebot an; ich hatte nur minimale Schuldgefühle dabei. Von seinem Blatt schrieb ich alle Antworten ab. *Das zählt sowieso nur ein paar wenige Punkte*, sagte ich mir. *Das ist nicht so wichtig.*

Beim Mittagessen verschüttete ein Mädchen versehentlich Kakao auf meine neuen Turnschuhe. „Pass doch auf, was du machst", schnauzte ich sie an und ignorierte ihre Entschuldigung. „Bist du vielleicht erst drei, oder was?"

Nach einem solchen Tag brauchte ich ein bisschen Erholung, also ging ich mit meinen Freunden ins Kino. Als wir ankamen, schlug jemand vor, wir könnten doch Eintrittskarten für einen Film kaufen, der erst ab 17 freigegeben ist. Die Kassierer hatten so viel zu tun, dass sie nicht unseren Perso überprüften, deshalb kamen wir leicht rein. Wir schauten einen Film, der vor Gewalt- und Sexszenen nur so wimmelte. Wieder kamen mir Zweifel an dem, was ich tat. Ich wusste, dass ich mich nicht wie ein Christ benahm. Jedoch redete ich mir ein, dass es darauf nicht ankäme. Denn wen verletzte ich schon?

Erst spät an diesem Abend, als ich mich bettfertig machte, erkannte ich, wie sehr es *doch* auf all meine Taten an diesem Tag ankam. Denn erst in diesem

Moment fiel mir auf, welches T-Shirt ich am Morgen achtlos angezogen hatte. Es war ein T-Shirt, das ich bei einer Gemeinde-Jugendfreizeit geschenkt bekommen hatte. Auf der Vorderseite war das ganze Vaterunser aufgedruckt!

Mir wurde schlecht, als ich darüber nachdachte, wie ich mich den ganzen Tag benommen hatte – ich hatte Leute angeschnauzt, unverschämte Antworten gegeben, schlechte Entscheidungen getroffen – und dabei die ganze Zeit das T-Shirt getragen, auf dem stand, dass ich Christ bin. Ohne es zu merken, hatte ich die ganze Zeit den Namen Gottes entehrt.

Bei dem Satz „Du sollst den Namen des Herrn nicht missbrauchen“ denken wir oft nur daran, dass wir ihn nicht als Fluch verwenden dürfen. Aber es gibt noch viele andere Formen, Gottes Namen zu entehren. Jedes Mal, wenn wir in den Gottesdienst gehen, in der Öffentlichkeit ein Tischgebet sprechen, eine Bibel dabeihaben, über unseren Glauben reden oder irgendwas anderes machen, was uns als Nachfolger Gottes erkennbar macht, werden wir zu Vertretern seines Namens. Und wenn unsere Taten dem widersprechen, was wir zu glauben vorgeben, bringen wir Schande auf den Namen Gottes.

Es schauderte mich, als ich mir überlegte, was mein Mathelehrer gedacht haben musste, als ich mit meinem

Vaterunser-T-Shirt so eine unverschämte Antwort gab. Und welche Botschaft wohl bei meinen Freunden ankam, als ich bereit war, beim Physiktest abzuschreiben und einen unangemessenen Film zu schauen? An jenem Tag war ich eine wandelnde Werbetafel für Gott – so wie wir es alle sind, wenn wir weitererzählen, dass Jesus in unserem Herzen lebt. Mein T-Shirt hätte meinen Glauben bezeugen sollen, doch stattdessen ist das volle Gegenteil von dem passiert.

Wenn ich das nächste Mal das T-Shirt trage, werde ich darauf achten, dass meine Taten zu einem Jesus-Nachfolger passen. Denn ich habe erkannt: Nur so kann ich Gott wirklich ehren.

Christina Dotson

AUFSTEHEN, LOSGEHEN

Diesen Johannes hatte Gott schon durch den Propheten Jesaja angekündigt, der gesagt hat: „In der Wüste ruft einer: ‚Macht den Weg bereit, auf dem der Herr kommt! Ebnet ihm die Straßen!'"

Matthäus 3,3

TROTZDEM AN GOTT FESTHALTEN

Vor einigen Jahren durfte ich mit auf einen kurzen Missionseinsatz fahren, der in einem indianischen Reservat in Arizona, USA, stattfand. Dort lernte ich die 14-jährige Sara kennen. In jener Woche erfuhr ich viel über sie und lernte von ihr.

Wie bei so vielen Leuten in dem Reservat war auch Saras Leben nicht leicht. Mit ein paar anderen Teenagern kam sie zu dem Gottesdienst, den wir feierten. Jeden Abend machten wir Spiele, sangen Lieder, hielten eine Verkündigung und redeten dann in kleinen Gruppen weiter.

Sara erzählte in jener Woche viele Dinge, die auf den ersten Blick keiner geahnt hätte. Sie wirkte hübsch und fröhlich. In Wirklichkeit jedoch war sie verängstigt.

Sara lebte zwar bei ihren Eltern, doch sie taten sehr wenig für sie. Oft verschwand ihr Vater tagelang und wenn er wieder heimkam, war er normalerweise betrunken. Wenn Sara in der Nacht im Bett lag, hörte sie ihre Mutter oft weinen. Einmal hatte Sara im Flurschrank nach etwas gesucht und war dabei auf eine Dose mit Briefen gestoßen, die ihre Mutter geschrieben hatte. In manchen drohte sie mit Selbstmord; in anderen schrieb sie nur, wie traurig sie sei.

Sara hatte einen Bruder, der fast 20 war. Sie wünschte sich, dass er ihr helfen könnte, aber er hatte die letzten paar Jahre im Gefängnis verbracht. Sie erzählte, dass er in wenigen Monaten wieder heimkommen würde. Doch davor hatte sie noch mehr Angst, weil sie nicht wusste, wie er sich verhalten würde.

Nachts kletterte sie oft aufs Dach, um in den Sternenhimmel zu schauen.

Auch Saras jüngere Schwester Lilly kam in jener Woche zu den Gottesdiensten. Sie war zwei Jahre jünger als Sara und fühlte sich genauso verunsichert. Sara war überzeugt, dass Gott ihre kleine Schwester mehr liebte, weil sie fand, dass Lilly hübscher und klüger war.

Saras größte Angst jedoch hatte weder mit ihrer Mutter noch mit ihrem Vater, ihrem Bruder oder ihrer Schwester zu tun. In der Nacht, wenn sie das Weinen ihrer Mutter nicht mehr hören mochte, kletterte sie oft auf das Dach ihres Hauses, um die Sterne anzuschauen.

Der Himmel über Arizona ist riesig und in der Nacht ist es kühl. Außer den Sternen gibt es kaum ein anderes Licht, deshalb erscheinen sie noch viel heller als über einer Stadt mit ihren vielen künstlichen Lichtern.

Als Sara von den Sternen redete, weinte sie, weil sie die Sterne nicht schön fand. Sie erinnerten Sara nur an die Nächte, in denen sie auf das Dach geklettert war, um dort zu beten, es aber nicht konnte. Stets hatte sie das Gefühl, in einen leeren Himmel hineinzusprechen. Sara wollte mit Gott reden, doch in ihrer großen Not konnte sie keine Worte finden.

In vielerlei Hinsicht war Sara wie Hiob, von dem in der Bibel die Rede ist. Sie glaubte an Gott und wollte ihm dienen, wusste aber nicht, wie, denn sie hatte das Gefühl, von Gott verlassen zu sein. Wie bei Hiob boten Familie und Freunde ihr auch keine Hilfe an. Die meisten Leute, die sie kannte, glaubten weder an Gott noch an Jesus.

Nur wenige Menschen haben so viele Probleme in ihrem Leben wie Sara. Bei manchen sind die Geschwister in Schwierigkeiten geraten, bei anderen interessieren sich die Eltern gar nicht für ihre Kinder. Manche kennen vielleicht nur eine Person, die an Gott glaubt, manche haben vielleicht keine Gemeinde in der Nähe. Doch nur wenige haben all diese Probleme gleichzeitig.

Dennoch hielt Sara durch. Obgleich sie das Gefühl hatte, dass niemand sie hörte; obwohl sie beim Beten keine Worte fand, weil sie so deprimiert war, suchte sie trotzdem Gott. Sie wusste, dass er da ist, auch wenn sie ihn weder sah noch hörte. Die Vorstellung, dass er ihr eines Tages antworten würde, half ihr dranzubleiben und es immer wieder zu versuchen.

Am letzten Abend unseres Einsatzes wollte keiner von uns zurück, weil uns klar war: Wenn wir uns überhaupt jemals wiedersehen, dann wird es noch sehr lange dauern. Doch bevor wir gingen, sagte Sara einen Satz, der mir seitdem im Gedächtnis haften geblieben ist.

„Ich habe letzte Nacht gebetet“, sagte sie. „Keiner hat geantwortet, aber ich werde es immer wieder versuchen.“

Gott sagt: „Ich werde dich nie verlassen und dich nicht im Stich lassen.“ (Hebräer 13,5)

Abby Conley

VIELLEICHT WERDE ICH ES NIE ERFAHREN

Vielleicht werde ich nie erfahren
Warum du mich aussuchtest
Vielleicht werde ich nie erfahren
Was du mir als nächstes geben wirst

Vielleicht werde ich nie erfahren
Wie wichtig ich
Im Leben eines Menschen bin
Wenn ich einfach eine Freundin bin

Vielleicht werde ich nie erfahren
Wie ein einfaches „Hallo“
Jemandem den Tag erhellt
Wenn er traurig und einsam ist

Vielleicht werde ich nie erfahren
Warum du mich
An diesen Ort gestellt hast
Um dein Werk zu tun

Vielleicht werde ich es nie erfahren

Ich weiß jedoch
Dass du einen Plan hast
In dem ich eine Rolle spiele
Deine große Liebe an andere weiterzugeben

Elizabeth Prosise
(verfasst mit 15 Jahren)

SOMMER-ABENTEUER IN BOSNIEN

Es kann einem richtig Angst einjagen, wenn man von einer lauten Stimme geweckt wird, die durch die Luft tönt – vor allem, wenn man sich in einem muslimischen Land befindet! Mein Aufenthalt in Bosnien-Herzegowina über zwei Sommer steckte voller Überraschungen. Manche Erfahrungen schockierten mich, zum Beispiel fünfmal am Tag den Ruf zum Gebet aus einem Lautsprecher der Moschee am Ort zu hören. Obwohl ich täglich daran erinnert wurde, wie anders meine Sommerbleibe war, befreite Gott mich von meinen falschen Vorstellungen über den Islam und über Freundschaften zu Muslimen.

Nach Bosnien kam ich wegen eines Praktikums, denn ich studierte an einer theologischen Hochschule mit dem Schwerpunkt Mission. Ursprünglich hatte ich nicht hingehen wollen. Das Zusammentreffen mit einem Glaubenssystem, das seit dem 11. September unaufhörlich in den Nachrichten gewesen war, bereitete mir etwas Bauchschmerzen. Meine Familie und ich hatten große Angst vor dem Unbekannten, aber Gott hatte andere Pläne für mein Leben. Er zeigte mir schnell, dass ich mit meiner Lebensübergabe nicht nur Jesus in mein Leben aufgenommen hatte, sondern jetzt auch das teilen sollte, was ich gefunden hatte.

Bosnien ist etwa so groß wie Niedersachsen und es leben dort weniger als 400 Christen. Und eine Sache hat mir immer geholfen, mich dort zu Hause zu fühlen: Bosnien sieht aus und fühlt sich an wie mein Heimatstaat Tennessee in den USA. Sowohl die schönen Hügel als auch die Freundlichkeit der Bosnier sind sehr einladend. Es war nicht schwer, in Bosnien neue Freunde zu finden, denn offensichtlich freuen die jungen Leute sich, wenn sie Beziehungen knüpfen können. Leute wie mein guter Freund Amir suchten immer nach unseren Gemeinsamkeiten. Jeden Tag wiederholte Amir, wie sehr er über die Gemeinsamkeiten in unseren beiden Welten staune.

Anfangs hatte ich Angst vor der Freundschaft mit einem Muslim.

Anfangs hatte ich Angst vor einer Freundschaft mit einem Muslim – ich befürchtete, etwas falsch zu machen und ihn abzuschrecken. Je länger ich jedoch unsere Freundschaft erlebte, desto mehr erkannte ich Gottes Wirken. Gott wirkte, wenn wir Zeit im Café verbrachten und Fernsehen schauten. Nachdem ich erst einmal die Angst überwunden hatte, etwas falsch zu machen, entwickelte sich unsere Freundschaft und gewann an Tiefe.

Ich weiß nicht, was ich erwartet hatte. Vielleicht hätte es schwierig werden können, weil ich Amerikaner bin, aber das war nicht der Fall. All meine Freundschaften entstanden viel leichter, als ich gedacht hätte.

Eines Tages fragte Amir mich, was ich an meiner Hochschule studiere. Ich war überrascht und aufgeregt zugleich. Meine Antwort war: Ich studiere, wie man Menschen hilft. Amir ist ein kluges Köpfchen und ich glaube, er wusste bereits, dass ich gern anderen Leuten half, denn schließlich hatte ich mein Zuhause verlassen und war nach Bosnien gekommen. Ich glaube, Amir ahnte auch, dass ich Christ bin. (Ich habe herausgefunden, dass die Menschen Christsein immer damit assoziieren, dass man Amerikaner ist.) Amir schien sich darüber allerdings keine Gedanken zu machen – welche Erleichterung für mich!

Ich glaube, wir fürchten uns alle vor der Reaktion der Leute, wenn sie herausfinden, dass wir Christen sind. Auch bei mir war das nicht anders. Doch wieder zeigte Gott mir, dass er die Macht hat, und er versicherte mir, dass ich nichts zu fürchten brauchte.

Amir und ich wurden sehr gute Freunde, wir redeten über unsere Geschichte und unsere Erfahrungen.

Im zweiten Sommer, als ich wieder in Bosnien war, fragte er mich, ob ich Pfarrer geworden sei. Ich erzählte ihm, dass ich im Mai ordiniert worden bin, also offiziell zum Pfarrer ernannt worden war. Amir starrte mich ungefähr fünf Minuten lang an und ich wartete. Dabei befürchtete ich, dass ich in diesem Gespräch über Religion zu weit gegangen war.

Zu meiner Erleichterung sah er mich dann mit einem Lächeln an. Er sagte: „Ich habe noch nie einen Pfarrer getroffen, der so ist wie du. Das gefällt mir." Von diesem Zeitpunkt an stellte Amir mich neuen Leuten immer folgendermaßen vor: „Das ist mein Freund. Ein Pfarrer, der ganz anders ist."

Als ich auf unsere Gespräche zurückschaute, ist mir klar geworden, dass Amir richtig entsetzt darüber war, dass ich mein bequemes Leben verlassen hatte und tatsächlich die Freundschaft mit einem Muslim suchte. Ich bin sicher, dass ihm all die negativen Nachrichten bewusst waren, die in Amerika (und auch in Deutschland, Anm. der Übers.) über Muslime verbreitet werden. Ganz sicher wusste er, wieviel Angst durch die Nachrichten geschürt wird. Ich glaube, für Amir war ich „ganz anders", weil ich wirklich anders war.

Ich wünschte mir von Gott, mit seinen Augen zu sehen und die Tiefe seiner Liebe für die Bosnier zu erkennen. Für mich war es gefährlich, diese Worte täglich zu beten – damit ging ich das Risiko ein, dass mein Herz verletzt werden könnte. Zum Glück ist unser Gott kein Gott der Schmerzen! Vielmehr entschied er sich dafür, mich zu segnen. Diesen Segen werde ich niemals ganz begreifen – doch ich kann ihn in meiner Freundschaft mit Amir erleben.

Gott offenbarte mir, dass er im Leben von Menschen wirken möchte, deren Religion ihnen keine Hoffnung schenkt. Er zeigte mir, dass er wunderbare Pläne für ein Volk hat, das größtenteils dem islamischen Glauben angehört. Er zeigte mir, wie absolut entscheidend das Kreuz ist und wie kostbar unsere Freiheit, die wir durch den Tod Jesu erlangt haben. Gott warf nicht nur meine Vorstellungen von Freundschaften mit Muslimen über den Haufen, sondern ermutigte mich auch, alle Angst loszulassen und mich mit ihm auf das Unbekannte einzulassen.

Ich glaube, dass Gott in deinem Leben Ähnliches tun will. Gott möchte dich von deinen Ängsten und falschen Vorstellungen befreien. Die Angst ist nicht von Gott – Hoffnung und Freiheit erwarten dich.

Doch bevor du losgehst und im Glauben Schritte nach vorn wagst, möchte ich dir gern noch ein paar praktische Ratschläge geben. Mit Sicherheit ist das keine vollständige Liste dessen, was du für Freundschaften mit Muslimen wissen musst. Vielmehr sind es Punkte, die Gott ausgesucht hat und die mir über zwei Sommer hinweg wichtig geworden sind:

1. Erkenne, dass du bereits viele Gemeinsamkeiten mit muslimischen Gläubigen hast. Auch wenn wir unterschiedliche Glaubensbücher haben, teilen wir einen großen Teil der Geschichte. Wusstest du, dass Muslime Jesus als guten Menschen betrachten, der Wunder tat? Auch kulturell haben wir teilweise eine gemeinsame Geschichte. Sowohl bei Muslimen als auch bei Christen gibt es Feiertage und Mahlzeiten als Gemeinschaftsereignis.

Fange bei den Gemeinsamkeiten an und stelle dann Fragen. Hab keine Hemmungen, neugierig zu sein. Deine muslimischen Freunde werden das in der Regel als Zeichen werten, dass sie dir wichtig sind. Lebe evangelistisch.

2. Gott hat dir die optimale Gelegenheit geschenkt, von deiner Hoffnung zu erzählen. Der Islam birgt nicht dieselbe Hoffnung wie wir sie in Jesus haben, der gestorben und auferstanden ist. Muslime strengen sich ihr ganzes Leben lang an und wissen trotzdem nicht, was nach ihrem Tod dabei herauskommt. Wir sind zuversichtlich, weil uns die Errettung durch Jesus Sicherheit schenkt.

Lass das in deinem Lebensstil durchschimmern. Das kannst du auch tun, ohne streng kirchlich zu wirken.

Erzwinge keine Gespräche über Gott; zeig den Muslimen, wie viel Hoffnung du hast. Der beste Rat ist, dass du ganz natürlich du selbst bist – Gott wird den Rest tun!

3. Bete! Bitte Gott, dir seinen Blick zu schenken und zu zeigen, wie du die Menschen sehen kannst, die anders sind als du. Gott liebt seine ganze Schöpfung und möchte dich auf ganz praktische Weise gebrauchen. Bitte ihn, dir beizubringen, was du sagen sollst, und so zu lieben, wie er liebt. Geh zurück zur Basis und lies nach, wie Jesus mit allen möglichen verschiedenen Leuten umgegangen ist. Nimm ihn dir zum Vorbild!

Ich wünsch dir viel Spaß dabei, Gottes Hände der Hoffnung und Gottes Füße der guten Nachricht in deiner Umgebung zu sein!

Nicholas Farr

EINE GANZ BESONDERE FREUNDSCHAFT

Sie trat in mein Leben, als ich es mir am wenigsten wünschte, es aber am meisten brauchte. Ich sah – beziehungsweise hörte – sie, als wir im Haus einer gemeinsamen Freundin waren. Ihr lautes Lachen drang durch den ganzen Raum und war an diesem Nachmittag immer wieder zu hören. Mit der Zeit fand ich es richtig nervig. *Niemand kann so fröhlich sein wie sie*, dachte ich. Ich rang zu jener Zeit mit Gott und wollte nichts mit fröhlichen Leuten zu tun haben.

Da ich gerade erst zu der kleinen Gemeinde dazugestoßen war, in die sie ging, war ein häufiger Kontakt mit ihr nun unumgänglich. Sie war kontaktfreudig, fröhlich, geduldig und jederzeit absolut hilfsbereit. Sie hatte alles, was mir anscheinend fehlte – und es nervte mich unendlich!

Gott hingegen wusste, dass ich genau sie brauchte. Sie begann sich für mein Leben zu interessieren und ich merkte, dass es kein oberflächliches, sondern richtig ehrliches Interesse war. Ich war schockiert! Ich hatte so böse Gedanken über sie gehegt, doch sie kam mit liebevoller Anteilnahme auf mich zu. Mein Herz wurde allmählich weicher.

In den darauffolgenden Wochen und Monaten fragte sie immer wieder, wie es mir ging und sagte, dass sie für mich betete. Langsam öffnete ich mich. Ihr Lachen wurde erfrischend und ihr hilfsbereites Herz färbte allmählich auf mich ab.

Es kam eine Phase, in der ich wegen einer schwierigen, privaten Sache aus meiner Kindheit Beratung bei unserem Pfarrer suchte. Der Pfarrer bat mich, eine zweite Person mitzubringen. Plötzlich wurde mir klar, dass ich in dieser Sache zu niemandem größeres Vertrauen hätte als zu ihr. In einer sehr schmerzvollen Zeit war sie für mich da und ich werde ihr ewig dankbar sein.

Neulich zog sie bei einer Geschenkaktion, die wir zur gegenseitigen Ermutigung in unserer Gemeinde durchführten, meinen Namen. Ich war also ihre „geheime Schwester" und bekam von ihr ein Geschenk – zu Weihnachten machte sie mir eine ganz besondere Freude mit einer selbstgestrickten Wolldecke (aber dass das Geschenk von ihr kam, durfte natürlich nicht verraten werden!). Die ganze Zeit aber hatte ich schon vermutet, dass sie meine geheime Schwester ist. Ich hoffe, dass ich eines Tages auch mal ihren Namen ziehen werde.*

Noch immer staune ich, wie Gott diese so ganz andere Frau gebraucht hat, um mich zu segnen und zu verändern. Ich selbst hätte sie mir nicht als Freundin ausgesucht – anfangs fand ich sie laut, merkwürdig und so künstlich. Außerdem war sie viel älter als ich. Ich hätte nie gedacht, dass wir je Freundinnen werden könnten. Doch zum Glück dachte Gott da anders.

Durch diese neue, unerwartete Freundschaft habe ich gelernt, die Leute nie danach zu beurteilen, wie sie aussehen, sich anhören oder sich benehmen. Diese Frau bedeutet mir mehr als sie je erfahren wird. Ich hoffe sehr, dass ich ein ebenso gutes Vorbild für Freundschaft – mit ihr und mit anderen – sein kann, wie sie es für mich ist.

Tammy Darling

* Die Aktion, die in Tammys Gemeinde durchgeführt wurde, kann man vielleicht am ehesten mit dem „Wichteln" vergleichen, das in Skandinavien und auch in einigen Gegenden Deutschlands ein Brauch ist, meist in der Adventszeit. Im Vorfeld zieht jeder einen Namenszettel und beschenkt denjenigen, dessen Namen auf dem Los steht, mit einer Kleinigkeit. Der Beschenkte weiß in der Regel nicht, von wem das Geschenk stammt.

ALLTAGSKÄMPFER

Ich bin so froh, dass Gott ganz normale Leute gebraucht, um außergewöhnliche Sachen zu bewirken – sonst hätte ich ein Problem. Ich schaffte gerade so die erste Klasse; die Pause war mir wichtiger als Lesen lernen. Ich singe gern, doch meine Stimme verstößt gegen alle Lärmbelästigungsrichtlinien der Behörden. Ich hab versucht zu tanzen … ein einziges Mal. Nachdem ich auf dem Parkett die erste Bewegung vollführt hatte, rief ein Freund den Krankenwagen. Er dachte, ich hätte einen epileptischen Anfall.

Ich hatte geglaubt, man müsse total außergewöhnlich sein, um etwas zu bewirken.

Über Jahre hinweg bildete ich mir fälschlicherweise ein, man müsse total außergewöhnlich sein, um etwas zu bewirken. Doch Jesus hat immer wieder die Welt verändert, indem er ungebildete Fischer, Prostituierte und Behinderte gebrauchte. Letztes Jahr fing ich an, aus voller Überzeugung an Gottes Plan zu glauben und seitdem hat sich mein Leben radikal verändert.

Alles begann im Frühsommer mit einem Missionseinsatz in der Dominikanischen Republik. Dort hatte ich so starke Emotionen, als wäre ich im Rausch. Ich lachte, wie ich nie zuvor gelacht hatte; ich weinte, wie ich nie zuvor geweint hatte; und ich half mit, wie ich nie zuvor geholfen hatte. Der Geruch der Armut und die Szenen der Verzweiflung ließen mich klar erkennen, wie dringend unsere Welt einen Erlöser braucht.

Der abschließende Höhepunkt meines Sommers war unsere Gemeindefreizeit zwei Wochen vor Schulbeginn. In den Jahren zuvor hatte die Freizeit bedeutet: stundenlanges Schwimmen, Lachen mit Freunden und unschuldige Neulinge mit Klebeband an ihr Doppelstockbett fesseln. Aber dieses Jahr war mir im Herzen klar, dass ich geradewegs auf Jesus zusteuerte.

Am letzten Abend wies unser Jugendleiter jedem Teilnehmer bestimmte Aufgaben zu. Als ich an der Reihe war, zitterten mir die Knie. Ich wusste, dass ich an diesem Abend den geistlichen Marschbefehl für das bevorstehende Jahr erhalten würde. Und tatsächlich waren seine ersten Worte an mich: „Kory, Gott wird dich dieses Jahr auf machtvolle Weise gebrauchen!“ Ich hatte keine Ahnung, wie das aussehen sollte, doch an dieser Stelle übergab ich Jesus all meine Ängste und Sorgen, auch alle zukünftigen Entscheidungen.

Wenige Tage, nachdem ich von der Freizeit heimgekommen war, fing das Football-Training wieder an, und ich freute mich schon sehr darauf, auch in dieser Saison die *Wawasee Warriors* als Quarterback anzuführen. Ich mochte meine Mannschaftskameraden sehr gern. Blut, Schweiß und Schlamm schaffen auf wundersame Weise eine enge Verbundenheit zwischen Jungs. Der Saisonstart gegen einen alten Rivalen wurde zum Erfolg und ich hatte nach dem Spiel den starken Drang, mich in der Endzone des Spielfelds auf den Boden zu knien und kurz zu beten. Da es mir ein bisschen peinlich war, bat ich einen Freund, der auch Christ ist, mitzumachen. An diesem Abend begann unsere Tradition, nach jedem Spiel zu beten. Jede Woche gesellten sich ein paar mehr mutige Seelen hinzu.

Nachdem wir jedoch das vierte Spiel desaströs verloren hatten, sammelte ich meine Jungs zum Gebet nach dem Spiel und ging in die Endzone. Wir fingen an zu beten, doch der näher kommende Lärm unterbrach uns. Ich konnte meinen Augen kaum trauen. Erstaunlicherweise war uns die ganze Mannschaft gefolgt. Sie knieten sich langsam auf den Boden und ich führte sie ins Gebet. Rückblickend betrachtet, klang mein Gebet eher wie eine Minipredigt. Mir war nicht bewusst, dass in mir ein Prediger schlummerte, doch die Worte strömten aus mir heraus. Vor meinen

Mannschaftskameraden dankte ich Gott, dass er am Kreuz gestorben war, die Sünde vergeben hatte und denen ewiges Leben schenkt, die an ihn glauben.

Keiner von ihnen flippte aus. Damit explodierte förmlich mein Selbstvertrauen, meinen Glauben mit anderen zu teilen.

Von diesem Tag an veränderte sich unsere Mannschaft. Wir zeigten so starke Leistungen, dass keiner uns schlagen konnte. Es sprach sich rasch herum und die Mannschaft schnellte in der Tabelle nach oben. Headhunter von verschiedenen Hochschulmannschaften besuchten uns oft und Journalisten drängelten sich auf dem Gelände unserer Schule. Auf dem Spielfeld war das Leben schön, doch außerhalb des Spielfelds war es sogar noch besser.

Während unserer Erfolgssträhne meldete sich ein überregionaler Fernsehsender bei mir. Sie wollten eine Sendung darüber machen, welche Rolle der Glauben im Sport spielen kann. Einen ganzen Tag lang folgte mir ein Reporter nach Hause, in die Schulstunden und in die Gemeinde. Er gab mir die Gelegenheit, Klartext zu reden und ich zog absolut alle Register, als ich von meinem Glauben erzählte. Große Teile meines Bundesstaats Indiana sahen meine Geschichte und, was besonders wichtig war, auch meine Mannschaftskameraden. Innerhalb weniger Tage entschieden sich drei von den Jungs, Jesus nachzufolgen, nachdem ich sie in die Gemeinde mitgenommen hatte. Bei diesen dreien hatte ich es am allerwenigsten erwartet. Wenn man ihre Lebenssituation betrachtet, dann stecken sie mitten in einer schweren Bergbesteigung. Doch ich tue, was ich kann, und versuche, die Samen zu begießen, die nur mit Gottes Hilfe zu starken Pflanzen heranwachsen können.

Wir gewannen weiterhin und nach 15 Wochen hatte meine Mannschaft die Ehre, bei einer Landesmeisterschaft vor Tausenden Zuschauern in dem Stadion *RCA Dome* in Indianapolis zu spielen. Achtundvierzig Minuten lang durfte ich meinen Kindheitstraum ausleben. Bei unserem ersten Ballbesitz punkteten wir bereits und meine Mannschaftskameraden feierten mit mir in der Endzone. Sie dankten mir auch, dass ich dabei nicht tanzte!

Einige Male rannte ich um mein Leben im Wettlauf gegen Linebacker, die bestimmt aus der US-Liga geliehen waren, darauf würde ich wetten. Als das Spiel zur Hälfte vorbei war, brach ich mir einen Knochen in meiner Passhand, doch das Adrenalin trieb mich weiter an. Während dann die letzten Sekunden verrannen, akzeptierte ich die Tatsache, dass wir geschlagen worden waren. Es war eine bittere Pille, die wir schlucken mussten. Viele von uns hatten schon seit der vierten

Klasse zusammen gespielt. Und nun verließen wir zum allerletzten Mal miteinander das Spielfeld.

Doch trotz meiner Niederlage auf dem Spielfeld hätte ich mich kaum siegreicher fühlen können. Meine Mannschaftskameraden hatten Jesus Christus ganz lebendig erlebt. Das Fernsehpublikum des gesamten Bundesstaates hatte eine hoffnungsvolle Botschaft gehört. Sogar mein Trainer merkte an, dass ich in der ganzen Saison als sein moralisches Gewissen fungiert hätte.

Dieser ganze sportliche Erfolg füllte zahllose Seiten in den Erinnerungsalben, doch mir war bewusst, dass dieses Erlebnis zeitlich begrenzt ist. Die größte Freude war, dass ich den Sinn meines Lebens fand. Mein Wunsch, Gottes Liebe sichtbar zu machen, veränderte sich: Aus der Pflicht wurde eine extreme Motivation.

Warum auch immer, in Gottes wunderbarem Plan sind ganz normale Leute vorgesehen, um große Taten zu vollbringen, ich bin dafür ein Musterbeispiel. Ich bin ein normaler Schüler in der Oberstufe. Ich habe noch nie ein Mädchen geküsst. Früher bin ich an der Hand meiner Mama gelaufen, wenn sie einkaufen ging. Ich habe es erst in der siebten Klasse geschafft, mal bei einem Freund zu übernachten.

Doch trotz meiner Ängste und Schwächen gebrauchte Gott mich als „Alltagskämpfer“, um einen kleinen

Winkel der Welt zu verändern. Es ist mein fester Glaube, dass er mit dir das Gleiche tun will.

Kory Lantz

FÜR EIN EIN-MANN-PUBLIKUM

Gott des Universums
Der meine Hände hebt
Ich habe dich viele Male enttäuscht
Doch ich weiß, dass du verstehst
Du hast mir eine neue Chance gegeben
Und ich bin bereit, neu zu werden
Komm und nimm dieses leere Leben
Diesmal ist es ganz für dich

Ich spiele für ein Ein-Mann-Publikum
Und mein Lob hat gerade erst begonnen
Wenn die Welt vergeht
Sehe ich nur dein Gesicht
Und bin bereit zu sagen
Ich gehöre dir, hier bin ich

Die Welt sieht nicht
Meinen Standpunkt
Doch ich bin bereit
Ein Spiegelbild von dir zu sein
Ich bete, dass meine Taten eine Botschaft sind
Für die Verlorenen und Verwirrten
Nimm mich auf, wenn ich schwach werde
Gebrauche mein Leben … für dich

Ich singe für mein Ein-Mann-Publikum
Und mein Lob hat gerade erst begonnen
Ich preise deinen Namen
Lass die Welt es ebenso tun
Lass sie in dir echten Frieden finden
Lass dieses Lob nie aufhören
Hier bin ich … ich gehöre dir

Charity Snavely
(verfasst mit 17 Jahren)

„DANKE, DASS DU MICH NIE AUFGEGEBEN HAST“

„Wir wollen nicht müde werden zu tun, was gut und recht ist. Denn wenn die Zeit da ist, werden wir auch die Ernte einbringen; wir dürfen nur nicht aufgeben …“

Meine Bibel plumpste aufs Bett. Ich stützte meinen Kopf mit den Händen, während ich Galater 6,9 noch einmal las. Die Worte waren eine direkte Botschaft an meine Seele.

Ich wollte am liebsten aufgeben. Schon jahrelang hatte ich für meine beste Freundin gebetet, die zur Glaubensgemeinschaft der Mormonen gehörte, einer Sekte. Das Ergebnis? Nichts. Null Komma null. Zumindest soweit ich sehen konnte. Sie machte keine Anstalten, von ihrem Glauben abzurücken. Kein Wort und keine Tat von mir bewegten auch nur das kleinste bisschen in ihr.

Heather und ich wurden in unserem ersten Jahr an der weiterführenden Schule beste Freundinnen.

Zu Beginn dachte ich, sie sei Christ, bis wir uns eines Abends bei einer Freundin länger unterhielten. Wir fingen an, über Himmel und Hölle zu diskutieren, doch bei ihren Aussagen über „die äußerste Dunkelheit“ und „die Söhne der Verdammnis“ schrillten bei mir alle Alarmglocken. Ich stellte weitere Fragen über ihren Glauben. Unser Gespräch wurde heftiger, jede von uns beharrte darauf, dass ihr eigener Glaube stimmte.

Als ich an jenem Abend heimfuhr, war mein Glaube erschüttert. Sie war ernsthaft davon überzeugt, dass ihr Glaube der wahre Glaube ist, und ich war genauso ernsthaft überzeugt von meinem Glauben. Ich wusste, dass wir nicht beide recht haben konnten, aber wie sollte ich ganz, ganz sicher sein, dass ich richtig lag und sie falsch? Ich entschied mich, den Glauben der Mormonen genauer unter die Lupe zu nehmen.

Ich kaufte mir mehrere Bücher über das Mormonentum und sprach weiter mit Heather darüber. Ich fragte auch meinen Jugendpastor um Rat. Dieses Hinterfragen bestätigte für mich die Basis meines Glaubens und die Glaubwürdigkeit der Bibel. Ich erkannte zunehmend, dass die Mormonen von der biblischen Lehre abgewichen sind.

Aber was nun? Ich fühlte mich in meinem eigenen Glauben gefestigt, wusste jedoch nicht, ob ich Heather mit Logik aus ihrem Glauben würde herausführen können. Ich kann nicht gut argumentieren, deshalb las ich noch mehr Bücher, wie man als Christ gegenüber Mormonen seinen Glauben bezeugen kann, und machte mir dabei akribisch Notizen. Dann setzte ich meine Mitschriften in die Tat um.

Meine Gespräche mit Heather verliefen nicht so gut, wie erhofft. Für jedes meiner Argumente hatte sie eine Antwort parat und wir gerieten wieder in eine Sackgasse. Vor ihr meinen Glauben zu bezeugen war, als würde ich versuchen, an einer Wand aus Wackelpudding hochzuklettern: Wenn ich versuchte, mit dem Fuß Halt zu bekommen, rutschte ich immer wieder bis ganz unten ab.

„Wir können uns doch einfach darauf einigen, dass wir unterschiedlicher Meinung sind", sagte Heather. „Ich möchte darüber nicht mehr streiten."

Ich gab nach, gab mich geschlagen. Ich fühlte mich wie ein Versager, unfähig, meinen Glauben überzeugend rüberzubringen und ihr die kritischen Punkte ihres Glaubens aufzuzeigen.

Ich verletzte sie sehr und sie kündigte mir die Freundschaft.

Dennoch konnte ich unsere Glaubensunterschiede nicht einfach unter den Tisch fallen lassen. Im Herzen wusste ich, dass Heather nicht gerettet war. Ich mochte sie viel zu gern, als dass ich die Wahrheit hätte verschweigen können. Nachdem ich mehrere Leute gebeten hatte, für uns zu beten, suchte ich noch einmal das Gespräch mit ihr über den Glauben. Dabei verletzte ich sie sehr und sie kündigte mir die Freundschaft.

Ich war am Boden zerstört. Ein paar christliche Freunde schlugen vor, ich könne doch die Freundschaft wiederherstellen und unsere unterschiedlichen Glaubensansichten ignorieren. Aber das konnte ich nicht. Lieber verlor ich eine Freundin, weil ich die Wahrheit sagte, als dass ich mein Leben lang eine nicht gerettete Freundin hatte und sie in der Ewigkeit verlieren würde.

In dieser Zeit hätte ich fast aufgegeben. Ich hatte den Eindruck, dass ich alles getan hatte, was ich konnte, aber ohne Ergebnis. Eines Morgens schrie ich voller Schmerz und Frust zu Gott: „Ich bin so schlecht darin, ihr die kritischen Punkte an ihrem Glauben zu zeigen, Jesus. Ich kann nicht so schnell denken und meine Worte geraten immer durcheinander. Es hat definitiv nicht geklappt, ihr zu beweisen, dass der mormonische Glaube nicht der richtige Weg ist. Was soll ich denn sonst machen?“

Mich lockte die Versuchung, Heather aufzugeben und einfach mein Leben weiterzuleben. Ich hatte mein Bestes gegeben. Sollte ich damit nicht einfach zufrieden sein?

Trotz allem war mir klar, dass ich mehr tun sollte. Gott hatte Heather ganz offensichtlich aus einem bestimmten Grund in mein Leben gestellt und er nahm meine innere Besorgnis um sie nicht weg. Heather hatte jeden Kontakt abgebrochen, deshalb beschloss ich, regelmäßig für sie zu beten. Selbst wenn wir nie wieder miteinander sprechen würden, konnte ich doch noch etwas bewirken.

Ein paar Monate später reparierte Gott unsere Beziehung; wir konnten wieder aufeinander zugehen. Ich hörte auf, über die falschen Behauptungen ihrer Religion zu reden, und konzentrierte mich darauf, sie lieb zu haben und für sie zu beten. Zwei Jahre lang fastete ich einmal in der Woche und betete, dass Gott sie retten möge.

In dieser Zeit hörte Heather auf, in ihre mormonische Gemeinde zu gehen. Doch anstatt sich für die Wahrheit zu entscheiden, lief sie völlig von Gott weg. Unzählige Male musste ich den inneren Frust überwinden. Gott erinnerte mich unaufhörlich an Galater 6,9 und ich war mir sicher, dass Heather eines Tages wirklich meine Schwester in Christus werden würde, wenn ich nicht aufgab.

Dieses Jahr kam endlich dieser Augenblick. Heather war an einem absoluten Tiefpunkt angelangt, und ich wusste, dass sie Jesus brauchte, um weiterzukommen.

Erneut erzählte ich ihr von Gottes großer Liebe zu ihr, von seiner Gnade und Vergebung.

Eines Abends gab sie schließlich ihr Leben Jesus. Meine Seele sprudelte über vor Freude, es war einfach überwältigend. Sieben Jahre lang hatte ich für sie gebetet, sie geliebt und ihr von Gott erzählt. Jetzt war es endlich Zeit für die Ernte, von der in dem Galater-Vers die Rede ist!

Mittlerweile geht Heather jeden Sonntag mit mir in den Gottesdienst. Es ist ein großer Segen zuzuschauen, wie Gott ihr Leben verändert – diesen Segen hätte ich vielleicht verpasst, wenn ich nicht treu geblieben wäre. Mein Weg mit Heather war alles andere als einfach. Aber es hat sich alles gelohnt.

Vor ein paar Tagen rief Heather mich an.

„Was ist los?“, fragte ich.

„Ich höre gerade Lobpreislieder im Radio und singe mit. Und da ist mir etwas eingefallen, was ich dir sagen wollte“, erklärte sie. „Danke, dass du mich niemals aufgegeben hast.“

April Stier

ABENTEUER MISSIONSEINSATZ

Missionseinsätze sind für uns – die Mitglieder der Band *ZOEgirl* – Erfahrungen, die unser Leben und unseren Dienst sehr verändert haben. Jedes Jahr schließen wir drei Mädels uns Einsatzgruppen an, die ins Ausland reisen, um dort Menschen zu helfen, die schlechter dran sind als wir. Eine Reise haben wir noch besonders in Erinnerung. Wir waren in Venezuela. Eines Abends gaben wir dort ein Konzert für die Teenie-Mädchen, die mit uns auf den Einsatz gefahren waren. Wir spielten für die Mädels ein paar Lieder, die eventuell in unser neues Album „Life" reinsollten. Bei manchen waren wir uns nicht ganz sicher. Kristin spielte das Lied „Plain" und die Reaktion war absolut überwältigend. Wir waren uns noch nicht mal sicher gewesen, ob „Plain" ins Album sollte, doch die Mädchen waren so angerührt von dem Lied, dass wir unsere Meinung änderten.

Nach dem Konzert teilten sich die Mädchen in kleine Gruppen auf, in denen sie richtig mit Tiefgang über alles reden konnten, was ihnen auf dem Herzen lag.

Jeder aus unserer Band hatte ein Gespräch mit den Mädels. Wir sagten: „Egal, was in deinem Leben passiert, wenn etwas so richtig schiefläuft oder wenn du an einer Stelle zu kämpfen hast, dann ist das hier dein Abend. Du kannst Unterstützung kriegen. Du sollst merken, dass dich jemand versteht und für dich betet, damit du es schaffst."

Die Reaktionen schockierten uns.

Wir hatten erwartet, dass vielleicht eine Handvoll Leute Probleme haben. Doch dann erfuhren wir, dass fast jedes Mädchen schon etwas ziemlich Ernstes erlebt hatte. Wir bekamen die ganze Palette an Problemen zu hören, die man sich nur vorstellen kann. Ehrlich gesagt hätte ich nie erwartet, solche Themen von so vielen Mädels zu hören.

Man sollte meinen, dass bei einem Mädchen, das 2000 Dollar zusammengesammelt hat, um aus Liebe zu Gott auf einen Missionseinsatz zu fahren, das Leben relativ glatt läuft. Doch wir hörten total viele Geschichten über sexuellen Missbrauch, Drogen, Alkohol und andere Dinge. Uns war vorher nicht klar gewesen, wie präsent all diese Themen waren. Nachdem sich an jenem Abend die kleinen Gruppen aufgelöst hatten, setzten wir drei von *ZOEgirl* uns zusammen. Wir kamen zurück in unser Zimmer, uns blieb der Mund vor Staunen offen stehen und wir sagten nur: „Einfach unglaublich."

Nach diesen Gesprächen bekam unser Dienst eine komplett neue Ausrichtung. Durch die Reise hatten wir ganz viele neue Ideen von Gott bekommen. Das war ein Schlüsselmoment für uns und unsere Arbeit.

Die vielen Missionseinsätze, die wir im Laufe der Zeit schon gemacht haben, haben uns auch dazu inspiriert, so viele Leute wie möglich in die missionarische Arbeit einzubinden. Solche Reisen rufen dich raus aus der Wohlfühlzone. Ja, eine Reise in ein anderes Land kann einem schon ein bisschen Angst machen. Man spricht die Sprache nicht, kennt die Kultur nicht. Doch ein solcher Einsatz ist eine großartige Gelegenheit, über den eigenen Schatten zu springen. Missionseinsätze sind eine Super-Gelegenheit, mal rauszukommen, sich die Hände schmutzig zu machen und sich mal nicht in den Sorgen über die Frisur oder die passenden Klamotten zu verlieren. Sie sind eine einzigartige Möglichkeit, einfach loszugehen, Gott zu dienen und dann sein Wirken zu sehen, auf eine Weise, wie man es sich nie hätte träumen lassen. Bei solchen Gelegenheiten lernt man auch zu schätzen, was man selbst hat. Im Vergleich zu vielen anderen Ländern auf der Welt geht es uns nämlich sehr gut. Natürlich gibt es auch bei uns schreckliche Armut. Dennoch besitzen wir im Durchschnitt viel, viel mehr

Missionseinsätze rufen dich heraus aus der Wohlfühlzone.

als die Menschen in Entwicklungsländern. Wenn man in ein anderes Land geht, die Nöte dort sieht und auch erlebt, wie es ist, ohne all den Wohlstand zu leben – dann bekommt man eine komplett andere Perspektive.

Ganz ehrlich, Jesus kennenzulernen ist natürlich das Beste im Leben. Aber gleich danach kommt das Beste, was du für dich tun kannst: auf einen Missionseinsatz zu fahren.* Es wird dein Leben verändern! Ob du es willst oder nicht, es wird dich verändern, wenn du dich einer solchen Situation stellst: weit weg von Fernsehen, Musik und all den Medien, von denen wir sonst so bombardiert werden. Auf einem solchen Einsatz bist du quasi gezwungen, „aus dem Bauch heraus" zu handeln und einfach zu tun, worum du gebeten wirst. Dabei wirst du herausfinden, was in dir steckt. Garantiert!

Auf unseren Reisen wurden uns auch die Augen geöffnet für einige Probleme, die wir in unserem Land haben. Unsere amerikanische Kultur ist sehr ich-bezogen. Wir sind daher herausgefordert, über den Tellerrand

* Hast du Lust bekommen auf das Thema „Abenteuer Ausland"? Oder spielst du sogar mit dem Gedanken, einen Freiwilligendienst im Ausland zu machen? Dann lies mal „Mein Jahr für Gott" von Detlef Eigenbrodt. Das Buch enthält wahre Geschichten – aus erster Hand erzählt – von jungen Leuten, die ein Jahr für Gott im Ausland waren.

zu blicken und anderen Menschen zu helfen. An erster Stelle sollen nicht wir selbst stehen, sondern die Bedürfnisse der anderen. So können wir den Bedürftigen wirklich helfen und ihr Leben verändern.

Egal, wo wir anderen Menschen dienen, in unserer Umgebung oder in einem Entwicklungsland: Als Christen sind wir dazu berufen, hinauszugehen und anderen Menschen mit Worten und Taten von Jesus zu erzählen. Überall sollen die Menschen von seiner Liebe und seinem endgültigen Opfer für uns erfahren.

Gott hat uns auf unseren missionarischen Reisen unglaublich viel beigebracht. Es könnte sein, dass wir sein Wirken dabei oft stärker gespürt haben als die Leute, zu denen wir hingegangen sind, um ihnen Gottes Liebe zu zeigen. Es tut total gut, etwas tun zu können, bei dem es überhaupt nicht um uns selbst geht. Wir lieben es, eine Woche lang Dreck zu schaufeln oder ein Waisenhaus zu besuchen, in dem noch nie jemand von der Band *ZOEgirl* gehört hat. Es ist wunderbar, auf diese Weise mithelfen zu dürfen, etwas in dieser Welt zu bewegen.

Alles in allem glauben wir, dass jeder eine Berufung hat, mit Gott Dinge anzupacken. Auch dich will er gebrauchen!

ZOEgirl: Chrissy Conway, Alisa Girard, Kristin Swinford

BEFREUNDET MIT EINER WICCA

Warzennasen, große schwarze Hüte und fliegende Besen – diese Bilder fielen mir früher immer zuerst ein, wenn ich das Wort „Hexe“ hörte. Mir war dabei nicht klar, wie weit dieses Bild von der Realität entfernt ist.

Während des Studiums arbeitete ich bei einem Versicherungsunternehmen, das sich in jener Zeit mit einem anderen Unternehmen zusammenschloss. Eines Tages kam ich ins Büro und am Schreibtisch gegenüber saß eine neue Person.

Tracy und ich verstanden uns auf Anhieb. Wir waren etwa gleich alt, alberten beide gern herum und färbten uns die Haare immer wieder in anderen Farben, passend zu unserer Laune. Ganz zu schweigen davon, dass wir beide gern Sonnenblumenkerne knabberten!

Doch mit der Zeit merkte ich, dass nicht alles so super war, wie es aussah. Eine äußerlich perfekte Freundschaft wurde von einem großen Unterschied auf die Probe gestellt: Ich war Christin und Tracy praktizierte die Naturreligion Wicca.

Als Tracy mir erzählte, dass sie eine praktizierende Hexe sei, verschlug es mir die Sprache. Das passte einfach nicht in das Bild, das ich immer von einer Hexe im Kopf gehabt hatte. Ich dachte, es sei ein Witz. Das war es aber nicht.

Oft diskutierten wir über unsere Glaubensdifferenzen. Zwar waren wir uns einig, dass wir die Meinung des anderen respektieren wollten. Dennoch war es schwer, sich nicht angegriffen zu fühlen. Denn oft klangen Tracys Fragen so, als wolle sie mir das Gegenteil beweisen, anstatt aus reiner Neugier zu fragen.

Wie kann ich nur meinen Glauben bezeugen, ohne sie zu vergraulen?

Jeden Tag, wenn ich von der Arbeit heimkam, grübelte ich, wie ich ihr am besten meinen Glauben bezeugen könnte, ohne sie zu vergraulen.

Im Laufe meiner zweijährigen Anstellung in diesem Unternehmen pflegten Tracy und ich unsere Freundschaft als Kolleginnen. Trotzdem wusste ich nie so richtig, wie ich innerlich an sie rankomme oder wie ich die Tür zu einem vorurteilsfreien Gespräch öffne.

Tracy war nämlich christlich aufgewachsen. Ich hatte nicht jemanden vor mir, der nichts über Gottes Wort wusste; ganz im Gegenteil. Ich hatte sogar den Eindruck, dass sie mehr wusste als ich. Doch in einer sehr schwierigen Phase ihres Lebens hatte Tracy sich vom christlichen Glauben betrogen und alleingelassen gefühlt. Wie sollte ich Tracy den Weg zurück zu Gott zeigen, wenn sie überzeugt war, dass er sie nur wieder enttäuschen würde – insbesondere, da sie in ihrer jetzigen Religion so viel Liebe und Annahme erfuhr?

Ich muss zugeben, dass es mir sehr schwerfiel, Tracy meinen Glauben zu bezeugen. Und auch heute, sieben Jahre danach, blicke ich immer wieder auf diese Gelegenheit zurück, die Gott mir gegeben hatte. Ich frage mich, wie er meinen schwachen Versuch beurteilt, gleichzeitig ihre Freundin und ein Licht für ihn zu sein.

Irgendwann beschloss ich, einfach nur Tracys Freundin zu sein. Ich erwähnte nicht die Sachen, die aus meiner Perspektive, von meinem Glauben aus betrachtet, in ihrem Leben falsch liefen – sie kannte meinen Glauben ja schon. Vielmehr betete ich, dass sie durch mein Handeln und meinen Lebensstil die Gnade und Liebe Gottes erkennen möge.

Nachdem ich in ein anderes Unternehmen gewechselt war, verloren Tracy und ich uns aus den Augen. Wie sollten wir auch in Kontakt bleiben, wenn wir keine inneren Gemeinsamkeiten hatten und uns nichts zur Kommunikation zwang?

Ich frage mich oft, was aus ihr geworden ist und ob mein schwacher Versuch, meinen Glauben zu bezeugen, ihr Leben in irgendeiner Weise beeinflusst hat.

Ich weiß nicht genau, ob ich die Pflicht erfüllt habe, die Gott mir durch die Begegnung mit ihr aufgetragen hat. Zwar bin ich daran gescheitert, als glaubwürdige Zeugin für ihn aufzutreten. Dennoch bete ich weiterhin, dass alles, was Tracy an meinem Christsein gesehen hat, trotzdem irgendwelche Auswirkungen auf ihr Leben hat.

Doch trotz meiner Grübeleien hat Gott mir erneut eine Gelegenheit geschenkt, ihn vor einer praktizierenden Hexe zu bezeugen. Diesmal innerhalb meiner eigenen Familie ...

Eine neue Gelegenheit

Dank Internet konnte ich neulich mit einer Cousine Kontakt aufnehmen, die ich seit meiner Kindheit nicht gesehen habe. Genau wie Tracy ist auch Debbie eine praktizierende Hexe und gehört dem Wicca-Kult an. Sie erzieht auch ihre beiden Kinder in dieser Religion.

Bei Debbie hätte ich noch weniger als bei Tracy erwartet, dass sie diesen Lebensweg einschlagen würde. Immerhin ist sie in einer christlichen Gemeinde aufgewachsen.

Ich habe mich sehr viel mit Debbie unterhalten, um zu erfahren, warum sie sich für diese Religion entschieden hat. Sie sagte, sie erlebe dort einen Frieden und ein Angenommensein, was sie in der Kirche nie gefunden habe. Auch Antworten auf ihre Ängste und Sorgen hatte ihr anscheinend sonst niemand geben können.

Auch Debbie weiß, dass ich Christ bin und ihre Entscheidung für Wicca nicht für richtig halte. Doch da wir einander als Verwandte liebhaben, unabhängig von unseren Unterschieden, konnten wir beide eine gute Basis finden, auf der wir offen miteinander über unsere verschiedenen Ansichten und die Gründe für unseren jeweiligen Glauben sprechen können. Ich bete, dass ich Gottes Willen in unserer Beziehung tun kann, und dass er meine Worte und meine Liebe gebraucht, um meine Cousine mit der Wahrheit seines Wortes anzurühren.

Manchmal ist es nicht die beste Herangehensweise, dem anderen alles über den eigenen Glauben direkt ins Gesicht zu sagen. Wir müssen die Leute, denen wir von unserem Glauben erzählen dürfen, erst einmal kennenlernen. Und wir sollten ein Gespür dafür entwickeln, wie sie auf unser Reden reagieren werden.

Mir fällt es schwer zu akzeptieren, dass jemand, den ich lieb habe, nicht nah bei Gott ist. Und trotzdem glaube ich, dass er uns den freien Willen gegeben hat zu entscheiden, wem wir im Leben nachfolgen möchten. Ich habe keine Angst davor, Debbie von meinem Glauben zu erzählen, auch wenn ich weiß, dass sie ihn nicht teilt. Außerdem muss ich die Situation in Gottes

Hände legen und beten, dass er die Momente nutzt, in denen ich mit ihr rede. Ich bete, dass er ihr Herz einen kleinen Spalt weiter öffnet, damit sie die rettende Gnade unseres himmlischen Vaters erkennt.

Wenn ich eines Tages die wunderbare Erfahrung machen darf, Jesus in die Augen zu schauen, dann hoffe ich, dass er über meine Taten sagen wird: „Gut gemacht."

Und ich hoffe, dass Tracy und Debbie mich dort treffen und genau die gleichen Worte von ihm hören werden.

Tanya L. Wells

DER RAT EINER MENTORIN

In meiner Kindheit gab es in meiner Gemeinde eine Frau, die ich total hübsch und vielseitig begabt fand. Ich bewunderte und achtete sie sehr. Als sie dann Interesse an mir zeigte, war ich begeistert. Es waren Kleinigkeiten; sie kämmte zum Beispiel mein Haar, aber diese freundlichen Gesten brachten mir die größte Erfüllung. Das Beste war, dass sie an mich glaubte und mein Singen gut fand. Weil sie an mich glaubte, lernte ich, auch selbst an mich zu glauben.

Als ich älter wurde, zeigte sie mir, wie wichtig es ist, eine Mentorin für junge Mädels zu sein. Ihr ist es zu verdanken, dass es mittlerweile den so genannten „Baby Girls Club" gibt.

Der „Baby Girls Club" trifft sich bei mir zu Hause. Mädels zwischen 9 und 15 sollen sich hier sicher und geborgen fühlen. Wir treffen uns einmal in der Woche, immer mittwochs.

Beim Essen und Tanzen haben wir zusammen Spaß, aber wir trainieren auch unsere Handarbeitsfähigkeiten, zum Beispiel beim Nähen und Stricken. Normalerweise machen wir zuerst Hausaufgaben und ein wenig Handarbeiten. Wir lernen auch Bibelverse auswendig. Der Club ist ein Ort, an dem die Mädels ganz frei und unverkrampft sein dürfen und über die Sachen reden können, die ihnen auf der Seele brennen. Ich als Mentorin bin wie eine große Schwester für sie.

In den Club kommen ganz verschiedene Mädchen, manche haben wohlhabende, manche eher arme Eltern. Sie kommen alle aus unterschiedlichen familiären Hintergründen, haben unterschiedliche Interessen und sind unterschiedliche Charaktere. Manche kennen Jesus und manche lernen ihn gerade erst kennen. Obwohl wir so bunt zusammengewürfelt sind, haben wir in den zwei gemeinsamen Stunden einfach viel Spaß.

Ich mag die Mädchen so gern, weil sie mir helfen, das Leben zu genießen. Wir reden über die Familie, über Jungs, Klamotten, Hausaufgaben, über den Freund – oder den nicht vorhandenen. Sie nennen mich „Mrs Seifenblase". Es ist echte Freundschaft. Wir gehen zusammen einkaufen – entweder in meinem Kleiderschrank oder im Einkaufszentrum. Sie inspirieren mich und halten mich auf Kurs. Und sie fordern mich im Glauben heraus.

Oft rede ich mit den Mädchen darüber, wie sie mit ihren Eltern auskommen können. Man muss versuchen zu erkennen, wo die Eltern herkommen. Ich weiß noch, wie es sich anfühlte, wenn ich mich mit meiner Mama anlegte. Wir drehten uns ständig nur im Kreis.

Meine Mama und ich hatten zwar keine richtig schrecklichen Phasen, aber es gab Momente, in denen wir nicht die besten Freundinnen waren. Ich musste mir bewusst machen, dass sie schon extrem früh – mit 16 – geheiratet und mit 23 schon drei Kinder bekommen hatte. Sie wurde quasi mit ihren Kindern erwachsen. Wenn ich mir das vor Augen halte, hilft es mir, nicht so streng mit ihr zu sein. Sie konnte nie ein normaler Teenager sein. All das durfte ich nicht vergessen.

Mit vielen Jugendlichen habe ich schon darüber geredet, dass sie ihr Herz nicht hart machen dürfen. Wenn du nicht lernst, zu vergeben und loszulassen, wirst du genau das werden, was du an deinen Eltern hasst. Dein hartes Herz wird dich auf genau diesen Weg bringen. Es ist nicht so, dass du nie verletzt werden wirst, aber du solltest dein Recht auf Rache loslassen.

> **Sieh deine Eltern so, wie Gott sie sieht.**

Hilf deinen Eltern und mach dich dann selbst frei, damit du sowohl im Glauben als auch im Leben weiter wachsen kannst. Ich habe einige gesehen, die vergeben konnten und in Freiheit ihr Leben meisterten. Das gehört zu den allerschwersten Dingen, die wir je lernen müssen. Ist das fair? Nach unseren Maßstäben wohl eher nicht.

Bitte Gott um Einfühlungsvermögen, damit du deine Eltern so sehen kannst, wie er sie sieht. Auch wenn sie älter sind, sind sie doch auch bloß erwachsene Jugendliche. Du musst dir die Frage stellen: Wie haben deine Eltern als Teenager gelebt?

Ich habe in meinem Leben so einige Wendepunkte gehabt. So ist das Leben halt: gute Beziehungen, schlechte Beziehungen, gute Entscheidungen, schlechte Entscheidungen. Diese Dinge *sind* das Leben. Manchmal denken die Leute, man sei immun, nur weil man einen bestimmten Beruf hat. Aber Gott lässt es regnen auf Gerechte und Ungerechte. Das Gute ist, dass wir einen Regenschirm haben, einen Schutz, und das ist Jesus Christus. Wir können aus schlechten Erfahrungen lernen.

Ungefähr drei Jahre lang wurde ich in einer Beziehung körperlich missbraucht. Ich weiß noch, wie ich Gott um Hilfe anflehte. Er brachte Menschen in mein Leben, die mir halfen und mich unterstützten. Ich erkannte auch, dass ich mir selbst und dem Mann, der mich missbraucht hatte, vergeben musste. Sonst wäre ich innerlich voller Wut und Verbitterung geblieben. Mit Gottes Hilfe konnte ich tatsächlich vergeben und mich von den Fesseln der Wut befreien.

Ich sage den Leuten, dass unsere Lebenssituationen und unsere Erfahrungen zwar sehr unterschiedlich sind, doch die Gefühle jedes Menschen in den Situationen sind wahrscheinlich genau gleich. Wir alle sind schon mal peinlich berührt, tief enttäuscht, fröhlich beschwingt oder richtig stolz gewesen. Wir alle haben ähnliche Gefühle, an die wir anknüpfen können, die uns mitfühlender werden lassen, sodass wir zu einem anderen sagen können: „Ich kenne das. Meine Situation war zwar ein bisschen anders, aber wir können uns gerne darüber austauschen, wie Jesus uns durch diese schweren Zeiten gebracht hat."

In all dem, was ich angepackt habe, ist Gott treu geblieben. Es geht nicht darum, ob wir besonders gute Menschen sind, denn ich bin sicher kein guter Mensch gewesen, selbst an meinen besten Tagen nicht.

Wenn ich dir auch nur ein Körnchen dieser Hoffnung und Ermutigung vermitteln kann, die ich als Jugendliche von meiner Mentorin bekommen habe, dann hat Gott mich wirklich gebraucht. Für mich geht es nicht darum, Sängerin oder Tänzerin zu sein oder Lieder zu schreiben. Es geht mir in erster Linie darum, Menschen lieb zu haben und ehrlich zu sein.

Nicole C. Mullen

AN DER STRASSENKREUZUNG VON JESUS ERZÄHLEN

Zwölf Stunden, nachdem ich Gottes Geschenk, sein Kind zu werden, angenommen hatte und eine Jesus-Nachfolgerin geworden war, befand ich mich eingequetscht auf dem Rücksitz eines Minivans, inmitten von einem halben Dutzend anderer Jugendlicher. Ich hatte ein flaues Gefühl im Magen und kaute nervös auf meinen Fingernägeln herum. Mir war speiübel.

Was mache ich eigentlich hier?, überlegte ich. *Erst gestern Abend bin ich Christin geworden. Ich bin noch nicht so weit, mit anderen Leuten über Gottes Liebe zu reden.*

Doch während mein Magen sich vor Sorgen dreimal verknotete, gingen mir permanent Mikes Worte durch den Kopf. Mike war einer der Jugendpastoren hier auf der einwöchigen Jugendfreizeit, an der ich teilnahm. Mit ihm hatte ich darüber geredet, was es bedeutet, mein Leben Jesus zu geben. Er hat auch mit mir gebetet, als ich die Entscheidung getroffen hatte, ihm nachzufolgen. Ich dachte jetzt daran, wie Mike mich anschließend angesehen und gelächelt hatte. „Jetzt fängt das Abenteuer an“, hatte er gesagt.

Anfangs hatte ich das Thema „Gerettet sein“ immer als letztes Ziel betrachtet, nicht als Startpunkt. Doch wie Mike es formuliert hatte, ist das Leben als Christ ein Abenteuer, durch das wir uns unaufhörlich – jeden Tag – durch Christus weiterentwickeln und befähigt werden, anderen zu helfen. Genau das wollten wir nun tun – und genau das machte mich jetzt wahnsinnig vor Angst.

Der Minivan hielt am Straßenrand und alle stiegen aufgeregt aus. Ich versuchte, mich zurückfallen zu lassen, doch meine Freundin Jamie zog mich am Arm mit. „Komm“, rief sie. „Das macht Spaß!“

Ich konnte mir viele Sachen vorstellen, die mir mehr Spaß gemacht hätten als auf wildfremde Leute zuzugehen und ihnen vom Glauben zu erzählen – verglichen damit hätte ich an einer Wurzelbehandlung beim Zahnarzt in diesem Moment einen Riesenspaß gehabt – aber das sagte ich nicht laut. Stattdessen folgte ich Jamie nach draußen, wo Mike und die anderen Mitarbeiter drei Kühlboxen voller Getränkedosen ausluden.

Der Plan war, dass wir die Getränke an die Autofahrer verteilten, wenn sie an der Kreuzung hielten. An jeder Dose war ein Kärtchen befestigt, auf dem ein

Bibelvers stand sowie die Erklärung, dass es Gottes Liebe – genauso wie dieses Getränk – für jeden kostenlos gibt, wenn man sie annimmt.

Die kontaktfreudigen Jugendlichen, also alle außer mir, fingen an, sich Getränkedosen zu schnappen. Jamie drehte vergnügt ihre Runden und hüpfte wie ein Flummi von Auto zu Auto. Sie unterhielt sich fröhlich mit jedem Fahrer und erklärte, was wir da taten und warum wir es taten. Wenn sie wieder anfuhren, rief sie jedem Fahrzeug ein „Gott segne euch!" hinterher.

Auf der anderen Straßenseite beteten zwei Jungs aus unserer Gruppe mit einer Frau, die am Straßenrand gehalten hatte. Um mich herum arbeiteten alle für Gott, aber ich schaffte es nicht, mich ins Getümmel zu stürzen.

„Auf geht's, Chrissy!" Jamie warf mir eine Dose Limo zu. „Was ist eigentlich mit dir los? Gestern warst du beim Arbeitsprojekt doch voll dabei?"

„Gestern haben wir Gartenarbeiten für Senioren gemacht", erinnerte ich sie. „Dabei muss man mit keinem Menschen *reden.*"

Es war einfach nicht mein Ding, wildfremde Leute anzuquatschen.

Das Projekt am Vortag hatte mir total gut gefallen. Unkraut jäten und Büsche schneiden und dabei so richtig ins Schwitzen kommen, bei so was fühlte ich mich absolut wohl. Immerhin habe ich in meinem Leben schon ziemlich viel gegärtnert. Aber es war einfach nicht mein Ding, wildfremde Leute an der Ampel anzuquatschen; ich bin halt nun mal ein ruhigerer Typ.

Während ich wie angewurzelt am Straßenrand stand, schaute ich zufällig die Straße entlang und sah eine kleine Gruppe Bauarbeiter, die Schlaglöcher auffüllten. Es war ein furchtbar heißer, schwüler Tag, und ich wusste aus Erfahrung, wie unangenehm es ist, bei diesem Wetter draußen zu arbeiten. Ich joggte zu Mike hinüber, der noch immer Getränkedosen verteilte.

„Jemand kann den Bauarbeitern da drüben auch was zu trinken bringen", schlug ich vor. „Denen ist bestimmt heiß."

„Gute Idee", sagte Mike und fing an, Getränkedosen in meine Arme zu stapeln.

„Warte mal!", protestierte ich. „Ich hab eigentlich gemeint, dass *jemand anderes* das machen soll!"

Mike zog seine Augenbrauen hoch. Ich fühlte mich zu einer Erklärung verpflichtet.

„Ich weiß schon, ich muss das hier eigentlich machen *wollen*", seufzte ich. „Es ist so, wie du immer sagst: Wenn wir voll von Gottes Liebe und Gnade sind, dann haben wir eigentlich den Drang, anderen davon zu erzählen. Und das will ich auch, ich will es wirklich. Ich will im Glauben wachsen und die Nachricht von Gott weitererzählen. Aber ich bin einfach nicht kontaktfreudig genug, um meinen Glauben *so* zu bezeugen. Ich kann das nicht!“

Ich schwieg, biss mir auf die Lippe und wartete auf seine Antwort. Und als Mike dann anfing zu reden, war ich schwer überrascht.

„Natürlich kannst du es nicht!“, sagte er. „Du hast jetzt versucht, das ganz allein zu schaffen, aus eigener Kraft. Doch das Abenteuer als Christ ist nichts, was du allein angehen musst.“

Ich starrte Mike an. Das hatte ich nicht kapiert.

„Betrachte es mal so“, fuhr er fort. „Gärtnern macht dir doch richtig Spaß, oder?“

Ich nickte.

„Also, Gott ist wie ein Gärtner. Wenn wir erst mal sein Geschenk der Erlösung angenommen haben, arbeitet er in uns, wie ein Gärtner das mit seinen Pflanzen macht – er gießt, düngt und beschneidet sie. Nur durch Gottes Arbeit an uns können wir im Glauben wachsen. Wir können es nicht allein machen. Und soll ich dir noch was anderes verraten?“

„Hm, ja?“

„Sobald wir Gott in unser Leben reingelassen haben, kann nichts seine Arbeit aufhalten – keine Rückschläge, keine anderen Leute, noch nicht mal unsere eigenen Ängste.“ Mike stapelte zwei weitere Dosen oben drauf, die ich bereits im Arm balancierte. „Also, wie sieht's aus? Weißt du jetzt, was zu tun ist?"

Ich lächelte zaghaft. Obwohl ich noch Angst hatte, fühlte ich mich nicht mehr allein.

„Schmeiß noch eine drauf", sagte ich. „Da drüben sind sechs Arbeiter."

Schlussendlich musste ich Jamie rufen und sie bitten, mir beim Tragen zu helfen. Mein Herz pochte, als ich mich den Bauarbeitern am Ende der Straße näherte.

„Lieber Gott", betete ich leise, „bitte arbeite in mir und hilf mir zu wachsen. Und gib mir Mut, für dich zu arbeiten."

Die Straßenarbeiter schauten hoch, als Jamie und ich näherkamen. Ich setzte mein fröhlichstes Lächeln auf und hielt eine Dose Malzbier hoch. „Möchten Sie was zu trinken?", fragte ich. „Es kostet nichts – genau wie Gottes Geschenk, dass er uns rettet!"

Die Arbeiter lächelten, nahmen die Getränke – und das Abenteuer ging weiter …

Christina Dotson

VON GOTT BEGABT – DIE MUSIKER IN „GOD IS DAD"

Casting Crowns
Mitglieder: Hector Cervantes (Gitarre/Gesang); Juan Devevo (Gitarre/Gesang); Melodee Devevo (Violine/Gesang); Megan Garrett (Keyboard/Gesang); Mark Hall (Leadsänger); Chris Huffman (Bass); Andy Williams (Schlagzeug)

Mark Hall

Ganz persönlich

„Sechzig Prozent der Jugendlichen in meiner Heimatgemeinde haben wahrscheinlich noch nie was von den Dove Awards, SoundScans oder Radiocharts gehört", sagt Mark. „Es sind ganz normale Teenager. Ihre Eltern streiten sich, vielleicht hat der Freund oder die Freundin gerade mit ihnen Schluss gemacht oder sie haben in Mathe eine 5 bekommen. Jede Woche kommen wir heim zu Leuten, die dringend eine Beziehung zu Jesus brauchen. Diesen Auftrag hat Gott uns gegeben …"

„Es geht nicht um Kunst oder Musik. Die Musik ist nicht die Hauptsache. Musik ist nur *eine* Art und Weise, die wunderbare Liebe Gottes mitzuteilen. Deshalb reden wir von unseren Schwächen und unseren Ängsten – wir erzählen davon, wie wir versagt haben und wie Gott uns aus dem tiefen Loch gerettet hat. Gott erlaubt uns, ein Teil dessen zu sein, was er in der Welt tut. Wenn wir offen und ehrlich über unser Leben und unsere Erlebnisse mit Jesus reden, werden andere denken: Ja, das kenne ich auch! Gott kann das bei mir auch tun!"

Hectors Hobby: Zeichnen
Juans Zeitvertreib: Videos auf dem Computer erstellen
Melodees Lieblingshobby: Shoppen
Megans Leidenschaft: Fagott spielen
Marks nicht ganz so geheime Vorliebe: mit den Kindern spielen
Chris' Lieblingssport: Basketball
Andys Outdoor-Hobby: Discgolfen

Auf Seite 11 kannst du noch mehr über Mark Hall lesen.

www.castingcrowns.com

Jeremy Camp

Ganz persönlich

Jeremy lernte seine erste Frau auf der Bibelschule kennen. Die beiden waren eine Weile zusammen, doch dann machte Melissa Schluss, weil sie mehr Zeit in ihre Beziehung mit Gott investieren wollte. Nach einiger Zeit erfuhr Jeremy, dass Melissa Eierstockkrebs bekommen hatte.

„Ich betrat das Krankenhaus und sie strahlte so richtig", erinnert sich Jeremy. „Man konnte auf den ersten Blick erkennen, dass sie nicht am Boden zerstört war. Sie vertraute einfach Gott. Es war unglaublich." Melissa sagte, falls sie sterben müsse, so wäre es ihr das wert, solange ihr Tod auch nur einen Menschen zu Jesus Christus führen würde. Grübelnd und betend fuhr Jeremy vom Krankenhaus heim. „Wenn sie mir sagt, dass sie mich liebt, dann werde ich sie heiraten", versprach Jeremy Gott. Das war ein faires Angebot, denn sie hatten in ihrer Zeit als Pärchen diese Worte nie so zueinander gesagt. Warum sollte sie sie also jetzt aussprechen?

Doch die Worte wurden ausgesprochen und die beiden heirateten fünf Monate später. Aber nur wenige Monate nach der Hochzeit starb Melissa.

Etwa zwei Jahre nach Melissas Tod lernte Jeremy seine Frau Adrienne kennen, früher war sie die

Frontfrau der christlichen Band *The Benjamin Gate* gewesen.

„Ich kenne einen Pastor, der seine Frau verloren und ein zweites Mal geheiratet hat", sagt Jeremy. „Ich fragte ihn: ‚Wie liebt man noch einmal?' Er sagte: ‚Dein Herz wird sich vergrößern. Du wirst nicht die eine mehr lieben als die andere. Sondern Gott vergrößert einfach dein Herz.'"

Jeremy ergänzt, dass auch durch seine Kinder sein Herz noch größer geworden ist.

Auf Seite 56 kannst du noch mehr über Jeremy erfahren.

www.jeremycamp.com

Nicole C. Mullen

Ganz persönlich

Schon seit dem zarten Alter von zwei Jahren hat Nicole ein Mikro in der Hand. Als Kind sang sie in verschiedenen Gruppen mit. Mit zwölf fing sie an, selbst Lieder zu schreiben; teilweise war das ihr Ventil, um ihre Minderwertigkeitsgefühle zu verarbeiten.

Als sie in der Oberstufe war, erklärte ihr eine Beratungslehrerin, dass Sänger normalerweise nicht genug

Geld verdienen, um damit ihren Lebensunterhalt zu bestreiten. Nicole solle sich als Erwachsene noch einen anderen Beruf suchen. „Okay", antwortete sie. „Ich glaube, dann will ich Juristin werden."

Die Beratungslehrerin half ihr, einen Anwalt zu finden, dem sie eine Woche lang bei der Arbeit über die Schulter schauen durfte. „Am Ende der Woche", erinnert sich Nicole, „sagte der Anwalt: ‚Also, Mädel, was möchtest du nun ganz ehrlich werden?' Wahrscheinlich schätzte er, dass ich für den Juristenberuf nicht besonders geeignet war. Ich sagte, ich wolle singen und er wusste, dass ich das sehr leidenschaftlich tat. Deshalb antwortete er: ‚Dieses Leben ist nicht das, was du dir wünschst. Geh heim und sing.'"

Seitdem hat sie nichts anderes getan als das.

Auf Seite 135 kannst du lesen, was Nicole über „Mentoring" schreibt.

www.nicolecmullen.com

ZOEgirl
Mitglieder: Chrissy Conway, Alisa Girard, Kristin Swinford

Chrissys Karriere

„Als Teenager hörte ich von einer R&B-Gruppe, die ein Mitglied suchte. Ich ging zum Vorsingen und wurde genommen. Die Gruppe hieß ‚Choice‘ und die Mitglieder waren Sharon, Alecia (die Künstlerin, die heute als Pink bekannt ist) und ich. Wir unterschrieben einen Vertrag und machten zusammen ein Album. Nach ein paar Jahren wollte das Label Pink als Solokünstlerin engagieren und sie lösten unsere Gruppe auf. Für mich brach eine Welt zusammen! Später wurde ich Christ. Je mehr ich Jesus kennenlernte, desto mehr erkannte ich, dass es in meinem Leben nicht darum geht, was *ich* will – sondern vielmehr darum, was Gott durch mich tun will.“

Alisa als Kind

„In meiner Kindheit hatte ich eine Sache entdeckt, die mir riesigen Spaß machte: turnen. Doch meine Mutter zwang mich dazu, auch Klavierunterricht zu nehmen. Diesen Unterricht hasste ich so sehr, dass ich davon träumte, mit einem Schraubenzieher alle Tasten einzeln aus dem Klavier auszubauen. Als ich elf Jahre alt war, beteten meine Eltern, dass Gott mir seinen Willen für mein Leben zeigen möge. Und da passierte es: Innerhalb von zwei Wochen beschloss ich, mit dem Turnen aufzuhören und verstärkt Musik zu machen. Es war sehr leicht, wirklich übernatürlich, und mein Herz war erfüllt von einer Liebe zur Musik."

Kristins Berufung

„In den Sommerferien vor meinem letzten Schuljahr an der Oberstufe fuhr ich mit meiner Jugendgruppe auf eine Konferenz. Eines Abends, auf einem Konzert von Crystal Lewis, spürte ich ganz stark den Heiligen Geist. Ich hatte den Eindruck, dass Gott zu mir sagte: ‚Das ist der Grund, weshalb du so viel Liebe und Leidenschaft für Musik hast: Ich habe dir diese Gabe gegeben, weil ich dich gebrauchen möchte. Du sollst für mich Menschen erreichen. Eines Tages wirst du dort stehen, wo Crystal steht.' Als ich heimfuhr, war ein richtiges Feuer in mir entfacht. Ich war voller Leidenschaft und Tatendrang, ich hatte ein Ziel vor Augen. In jenem Jahr schrieb ich mein erstes Lied."

Auf Seite 124 kannst du noch mehr von Alisa, Chrissy und Kristin lesen.

www.zoegirlonline.com

MIX
Papier aus verantwortungsvollen Quellen
FSC® C014496
FSC
www.fsc.org

Verlagsgruppe Random House FSC®N001 967
Das für dieses Buch verwendete FSC®-zertifizierte Papier
Classic 95 liefert Stora Enso, Finnland.

Die amerikanische Originalausgabe erschien
im Verlag Standard Publishing, Cincinnati, Ohio
unter dem Titel „Encounters with God 2"

1. Auflage 2014
Bestell-Nr. 816 989
ISBN 978-3-86591-989-2

Umschlaggestaltung: Björn Steffens
Umschlagfoto: Shutterstock
Lektorat: Verena Keil
Satz: Greiner & Reichel GmbH, Köln
Druck und Verarbeitung: GGP Media GmbH, Pößneck
Printed in Germany